大魚讀品
BIG FISH BOOKS

让日常阅读成为砍向我们内心冰封大海的斧头。

[英] 蕾秋·乔伊斯 ——著 吕灵芝 ——译

一千亿种生活

Rachel Joyce

北京联合出版公司
Beijing United Publishing Co.,Ltd.

献给凯齐娅·梅，

因为你一直喜欢小故事。

一个前人栽树、后人乘凉的社会，

才拥有伟大的潜质。

——希腊谚语

目录

前言 - 1

柠檬的香气 - 001

婚姻指南 - 033

怪天气向机场袭来 - 067

你随时可以嫁给我 - 101

一千亿种生活 - 123

圣诞节我要回家 - 155

种树人和他的二十棵树 - 179

前言

我很喜欢一个笑话，笑话的主人公是《罗密欧与朱丽叶》里饰演护士的女演员。一天，有人问她这场戏讲的是什么。

护士是一位和善的老太太，她能在舞台上博得诸多笑声——她仅有的那么一两句台词，说的都是观众想听的话。所以，我们喜欢她。好了，还是承认吧，她不是朱丽叶，而且只有寥寥几次登场机会。她可能只有一套戏服，也可能只是件无袖大罩衫，加上一顶带着面罩的尖角头巾，既不舒服，又很怪异。

总而言之，那位女演员仔细思忖如何概括出《罗密欧与朱丽叶》的精髓，然后她开口道："呃，故事主要讲了一位护士……"

我们都拥有属于自己的故事，也都处于各自故事的正中央。有时候人们很难相信自己竟不是其他人的中心。可我很喜欢这种感觉：你可以沉浸在自己的故事和自己的人生中，心无旁骛地与一个人擦肩而过，成为另一个人故事里的路人，一个过客。

正如许多事物一样，这本书的归宿和最开始的样子完全不同。它主要讲了三个故事（其实是七个），故事之间并无联系（其实有），这只是一个相对短小精悍的写作计划（并不是）。

写作时（不管是小说、戏剧，还是在我将别人的故事改编成广播剧时），我会进行许多切割：词语、描述、段落、章节，有时甚至是整个角色。就算我很喜欢那些词语，或描述，或角色，但如果它们阻碍了故事的发展，就要接受被删除的命运。这就是为什么我总会想象出一辆大拖车（我写作的地方），里面塞满了我从文字中切割下来的人物。比如宾尼，她是本书第一个故事的主人公，但在我第二本小说《时间停止的那一天》的早期草稿中，她只是个小角色，可她存在的意义实在太重大了，几乎有点喧宾夺主，我只能非常不情愿地将她切割掉。“活在”本书英文版同名故事里的亨利，原本只是我为新小说《奇迹唱片行》设计角色时写来练手的人物。第二个故事里的艾伦和爱丽丝夫妇曾经在一部午后话剧中登场，还可能野心勃勃地出现在电影中，只可惜从未实现。还有一个小故事讲了名叫莫琳的年轻女子去参加当地舞会的趣事，尽管我将她保留在了《一个人的朝圣》中，却无法在那本小说里写下那天晚上她的人生发生了怎样的改变。有时候，我会想象这些被“切割”的角色全都挤在我的大拖车里，做尽讨人厌的举动，发出震耳欲聋的喧闹声。所以，我很高兴自己能将他们清除出去，或者说，给他们每人安排一个小故事。

(我为BBC广播4台改编夏洛蒂·勃朗特的小说《谢利》时还删掉了一批教区牧师，他们整天在我的拖车里喝茶、聊八卦，我完全不知道该拿他们怎么办。如果你想领养，随时都可以带走。)

故事至关重要，我们需要故事。我们通过讲故事和听故事来理解世界。就像做梦，当我们安静下来，梦就会降临，然后告诉我们一些事情，给我们一些提醒。故事会对我们说：不，你不是孤身一人。因为你心里的那种感受，我心里也有。有时候，故事也会让我们三思而后行。

小故事的好处在于它就像一场梦，而且酷肖生活。它是短暂拉开的窗帘，揭开某个人的人生历程中的关键点。你可以在近在咫尺的地方坐下来，观察那些皱纹、酒窝和雀斑，然后——呼啦，窗帘关上了，他们走开了。

柠檬的香气

A Faraway Smell of Lemon

现在是九点半，奥利弗肯定在用他的阿斯泰利克斯碗喝麦片粥。他今年三十三岁，平时没有什么固定习惯——就是麦片粥和碗，他在这两者上从不让步。

“让他见鬼去。”宾尼哼了一声，大步走进清晨的熙攘。人行道上挤满了出来采购圣诞节物资的人，大街小巷被笼罩在十二月阴沉的乌云下。每当阳光穿透云层，都能看到天上的太阳苍白得好似月亮。一块巨大的广告牌上印着身穿六十年代经典红色外套的年轻姑娘，她正在抬头看雪。商店橱窗装饰着各色彩灯和亮晶晶的小玩意儿，还缀着发光的文字，祝所有人幸福。“见他的鬼。”宾尼又骂了一声。不，不，不。她绝不会哭。

她已经把孩子们送去学校上最后一天课了，所以现在有五个小时来搞定圣诞节。受到父母的影响，宾尼从小就深爱着圣诞节——派对、美食、礼物、节日装饰，但她今年什么也没准备。她没有买圣诞树（因为不需要），没有订火鸡（反正总也吃不完），没有给寄来贺卡的人回复贺卡，也没有买礼物和包礼物的金属色彩纸。今天一早，可可在壁炉架上挂上了她和卢克的大羊毛袜。（她说："这样当天我们就不会忘记了。"）如果圣诞节这台机器能不管宾尼，自行来去该有多好啊。

孩子的一个同学的母亲像深谙有氧运动的仙女一般朝她跑来。宾尼愣住了，慌忙寻找逃生之路，可她不是那种轻易能躲得起来的人。

没错，宾尼又高又大，就算弓着背也是鹤立鸡群。而且她确实是这样做的。她时时刻刻弓着背，耷拉着肩膀，双手插在口袋里，竭尽全力让自己看起来不那么大块头。一如往常，她穿着早晨起床上厕所时，从床脚随便抓起来套在身上的黑色松垮衣物。

那位奔跑着的母亲看起来不像是会随便捡昨天脏衣服穿的人。她穿着一套带毛领的糖果粉运动衫。这位母亲在学校的PTA[①]里有工作，但宾尼想不起来是什么职

① Parent Teacher Association，即家长教师协会，家长可以通过该组织参与学校的一些决策。

务了。因为她从来不看 PTA 的邮件，也从来不参加活动。如果宾尼站着一动不动，或许能假装自己不在这里，或许那个女人就会径直跑过去，不会发现她。

“宾尼！”那身快乐的运动服朝她发出了声音，“嘿呀！”她喊了一句可能来自耶稣降世剧目的台词，不过，一辆双层巴士轰鸣着开了过去。红衣美人的广告几乎覆盖了整个车身。

耶稣降世的话剧安排在今天下午。不过孩子们一直在纠正她，说那不是耶稣降世，而是“冬季庆典”。昨晚卢克爬进被窝时，宣布自己要出演蜥蜴拉里。“耶稣降世里没有蜥蜴啊。”宾尼说。“不是耶稣降世。”卢克叹了口气。可可补充道：“我们校长说耶稣降世的故事不够多元，而且里面没有女孩子的角色。除了马利亚。”“可是任何宗教节日里都没有蜥蜴啊。”宾尼说。“蜥蜴拉里是巴斯光年的好朋友。”卢克说。“什么？”宾尼说，“巴斯光年跟圣诞节没有关系！你永远不可能在圣诞节相关的场合见到他！”可可说：“反正拉里很重要，他还要唱《冰雪奇缘》的主题歌呢。还有，我扮演过去之灵[①]。”宾

① 出自英国小说家查尔斯·狄更斯的作品《圣诞颂歌》。

尼抱怨起来。因为她根本没办法变出一件蜥蜴戏服，谁也做不到。更何况，“过去之灵”完全是另一个故事里的角色，作者还是查尔斯·狄更斯。可可和卢克严肃地对彼此点了点头。“没关系，妈妈。”可可轻声说，“米拉的妈妈帮我们做了戏服。卢克有一条蓝尾巴，还有背棘。我则有一盏油灯、一顶毛帽子，还有一套纱丽服。”可可似乎很满足了，她一点都不在意。

可是宾尼在意，她太在意了。她想做个好妈妈，可是外面有那么多对手，她们不仅是好妈妈，还是“超级”好妈妈。那么多年前，查尔斯·狄更斯描绘雪景和圣诞精灵，还有烤肥鹅和乡村舞蹈的时候，是否意识到自己究竟开了一个什么头？难道一边做兼职一边抚养两个孩子还不够苦，她还要安排每年一度的圣诞盛会才算称职？

那身运动服离得太近了，她终于逃脱无望。接下来将会发生一场对话，运动服会问宾尼有没有准备好欢度圣诞，顺便还会问，“奥利弗怎么样了？他真是个好男人，对吧？”然后，宾尼恨不得大声尖叫。不，她一点都没准备好，她的心都碎了，碎成了两半。圣诞节的意义何在？她真正想要的是将生活对她毫不留情的摧残原封不动地还回去，然后冷眼旁观别人在无边的痛苦里挣扎，屈服于她不许自己承认的悲痛之情。

可她只是拍了一下脑门，说自己刚刚想起了很重要的事情——还有一样东西没买，比如火鸡，随即她跑进最近的一家商店。推开店门时，她手上的伤口如针扎般隐隐作痛。

穿过一道纱帘，宾尼仿佛发现了一个平行宇宙。这家店开了好久，可她从未费心走进去过，就像她也从未费心光顾过隔壁那家卖派对礼服和婚纱的精品商店。有那么一小会儿，她站在这个奇怪而陌生的地方一动不动，周围的灰尘就像亮片一样凌空盘旋。这种沉寂很异样。店里摆满了一架又一架清洁用品，一罐罐、一筒筒、一瓶瓶，有塑料容器，也有玻璃容器，全都按照一定间隔、从大到小顺次陈列。商店里还陈列着刷子、抹布、钢丝绒和掸子（羽毛掸和黄掸子都有），以及一盒盒手套——耐用型、乳胶型、橡胶型、聚乙烯型，除此之外，还有棉线拖把、橡胶扫帚、垃圾夹和普通扫帚。宾尼从未意识到清扫这桩事竟然如此复杂。收银台旁摆着一个小小的塑料天使，那便是这里唯一的节日装扮。塑料小天使顶着光环，穿着打了许多皱褶的白色长衫，长着一对金属箔覆盖的尖翅膀。店里弥漫着一股难以形容的气味，宾尼想到了柠檬皮。显然，这里没有任何东西适合她。

她正要退出去，突然听见寂静中传来一个女性的声音。“需要帮忙吗？”

宾尼朝声音传来的方向眯起眼睛，看见一个身形纤细的年轻女人朝自己盈盈走来。她一身象牙色肌肤洁白无瑕，长着一双深褐色的眸子，仿佛是隔着一张陶瓷面具凝视着宾尼。这人可能才二十出头，穿着崭新的制服，看起来像个牙医，不过她当然不可能是牙医。她把一头黑色长发扎成光滑的马尾辫，双手垂在身侧，绉胶底的鞋子若即若离地并在一起，仿佛任何物质上的不整洁都会对他人造成冒犯。

十岁的可可是家里唯一懂得整洁的人。卢克完全不懂（他说他才八岁），宾尼也完全不懂，尽管她已经四十七岁了。曾经，不管是作为海军军官的女儿还是社会名流，手下都有“懂行”的人负责这些，然而现在，宾尼已经学会了接受混乱。她的房子被埋没在一大丛常青藤中，小房间里堆满了她父母留下的维多利亚式家具（奥利弗管它们叫——不，曾经管它们叫“垃圾”），大部分已经沦落到垃圾堆里了。那些家具表面落满了灰尘，上面还堆着高高的旧杂志、旧报纸、纳税申报单和她懒得回复的信件。地毯上满是棉花糖一样的小灰球，皱巴巴的衣服落在通往洗衣机的路上，随处可见各式各样的乐高块。起居室正中央有一丛干枯的灌木，现在已经被孩子们当成了圣诞树，他们用剪纸雪人、鸽子羽毛和颜色鲜艳的糖纸将那棵树装饰了一番。

“你这儿卖我需要的东西吗？”宾尼问，“比如扑热息痛，或者咖啡？”

年轻女人有点冒失。虽不算失礼，但也不友善。她说：“这是一个家族经营的商店，我们从来不卖清洁用品以外的东西。我们主要给酒店和餐饮企业供货。”

宾尼打量着端坐在架子顶端、像彩色眼睛般闪着微光的瓶子。*请保存在幼童无法触碰的场所。含磷酸、水杨酸苄酯。若不慎吞服，切勿催吐。*

“这东西合法吗？”

“我们不卖派不上用场的东西。不像某些超市，只卖灌满水的漂白剂。举个例子，某些浴室清洁剂专门用于清洁浴室瓷砖，某些则会与砂浆发生恶性反应。你必须将这些情况考虑进去。”

“我猜你会的，反正我没有浴室。或者说我有浴室，只是没有门，水也不会洒下来，而是砸下来。”

“太可惜了。”年轻女人说。

“的确。”宾尼赞同道。

“你该修理修理。”

“确实，但我不打算修。”

浴室是过去三年间奥利弗夸下海口要修好的东西之一，另外一样则是吸尘器。奥利弗留着一头蓬乱的头发，他性格随意，大大咧咧的，总是反穿 T 恤，脚上胡乱套着不配对的袜子。如果有人伸手过来要，他连裤子口袋里的零钱都要摸一会儿才能掏出来。剩下的时间，他则忙着看天。宾尼怀疑他总有一天会张开双臂，凌空而去。

奥利弗比宾尼小了整整一轮，而且没有固定收入。原因在于，他虽然是个演员，却永远拿不到所谓有“正经戏份”的角色，只能去配音，或者偶尔演一些喜剧节目。以前，这些都不重要。他总把车钥匙插在车门上，总会忘记换掉用完的厕纸。以前，这些都不重要。他有时会试着修理淋浴，却在经过浴室镜子时注意到自己的仪表，然后就会跑到厨房去问宾尼要遮瑕膏，因为他可能有个痘要冒出来了。以前，这些都不重要。

爱情已经趋于平淡，他们不再去发掘对方身上的独特之处，而那种独特之处也不再是彼此眼中美妙的源泉，反倒成了令人恼怒的缺点。每次踹到他放在床脚的吉他，宾尼都会发出咒骂声，或者抱怨：“你为什么每次都要用我的润肤霜？”奥利弗会说：“我以为你不介意。”“我当然介意，因为你总是记不住放回原处，而且从来不盖盖子。”“那我以后不用了。”奥利弗会耸耸肩，“如果是我的，我会很乐意分享。”他会跑到楼上弹吉他，留下更加生气的宾尼，她现在不仅更加气愤，还成了比他小气的人。奥利弗伤心的时候就会弹吉他。他哼唱的曲子会将他带到一个梦幻岛，那里的女孩儿都留着长发，湿漉漉地躺在爱尔兰的海滩上。她们那么美丽，尽管都显得有些幼稚。

商店里的女人还在自说自话，谈论着清洁剂。“当然，某些洗剂不能用于清洁塑料和地毯，就算是油毡也要小心。这些洗剂必须专品专用。”

这对宾尼来说简直是诅咒。东西不就分为干净和不干净吗？她家属于后者。于是，她尝试换个话题。“我住的地方有股味道，说不清是什么，但是持续好几年了。”

“下水道吗？”尽管她本人没什么兴致，但店员产生了好奇。

“不，有点像……旧东西。像过去。房子每个部分的气味都有点不一样，比如楼上的厕所门口，我能清楚地闻到前夫的须后水气味，可我们离婚已经六年了。有时我还能闻到我母亲的茉莉花香皂味儿。小时候我有个比我小几岁的朋友，我们无所不谈。她大学毕业后结婚了，我们从此失去联系，可我还是隔段时间就能闻到她身上常有的玫瑰精油香味。你觉得房子会保存记忆的气味吗？你有过这种经历吗？”

“记忆的气味？”店员皱起眉头。

“好吧，你当然没有类似的经历。毕竟我家基本上到处都覆盖着屎。”

“这跟你说的气味有关系吗？”

“**比喻性**的屎。”宾尼大笑起来，但马上后悔了。因为这很像她前夫爱开的那种玩笑，显得她是在自以为是地卖弄小聪明。

她并不想卖弄智力，就像她从不搔首弄姿，也不想外露自己的感受。几年前，父亲与母亲先后去世，宾尼却拒绝哭泣。“你得发泄出来，”她的朋友劝慰道，“允许自己感到悲伤。”但她不会照做。哭泣意味着承认某些人、某些事真的永远回不来了。更何况，考虑到她的体形，哭泣可能有点危险。她可能会让整个世界变成一片泽国。于是，她不再和朋友见面了。

宾尼对那个年轻女人说："我家吸尘器坏了，我对象准备修好它。我并不觉得他真的**知道**该怎么修。他只是希望自己是那种会修吸尘器的人，所以他就自以为是地说大话。"

"它能吸吗？"

"什么？"

"你的吸尘器？"年轻女人轻吸一口气以强调自己的意思，那声音听起来就像世界上最文静的打嗝声，"可能只需要换一个新的集尘袋。"

"假如**生活**也能如此简单就好了，"宾尼说，"你认为我的心需要换个什么？"

年轻女人又露出了困惑的表情。

"开玩笑。"宾尼告诉她。

"好吧。"年轻女人应了一声，但是没有笑。

真正的玩笑是，宾尼一度认为她和奥利弗开始走上坡路了。大约两周前，他给她买了一个圣诞礼物。宾尼知道，因为他把东西落在了驾驶座上（她找钥匙时发现的）。那是她最喜欢的香水，就包在节日专用的礼盒里。那天晚上他们做爱了，第二天也做爱了。不是两人刚刚在一起时那种迫切需要对方、仿佛要将对方吞吃入腹的激烈交缠，而是一种熟悉的温存。黑暗中彼此的微笑，轻轻拂过脸颊的气息，肌肤相亲时他甜蜜的体温。奥利弗的吻如此美丽，他的唇贴着她的唇，仿佛他要给予她唯有此时才能给予的一部分灵魂。他静静地在她体内抽送，直到她如花儿般绽放。

几天后，他光着脚一瘸一拐地走进厨房，左脚不敢着地，仿佛脚底被许多看不见的钉子扎到了。“嗷，”他像渴求关注的孩子一般叹息道，“哦，哦，哦。”

“早啊，小奥。”

“可可去哪儿了？她说要帮我拿创可贴。”

“她去上学了，亲爱的。现在都九点十五分了。你要创可贴干什么？”

“哦，哦，”他重复呻吟了几声，跛行到一张椅子旁，坐下了，“宾，我脚上长疣了。可可帮我看了一下。好疼啊，真的特别疼。我不懂你为什么在笑，你这样很不礼貌。”

她很想说别撒娇了，让她看看。她真的很想说。

然后她看到了他的脚指甲。电光蓝，像人鱼的鳞片一般闪闪发光，指甲下方长着稀稀拉拉的黑色毛发。“咦，小奥，你涂了指甲油？”

“呃，”他尝试在脑中寻找无关紧要的记忆，“对了，是萨丽涂的。”

“萨丽？”她问。

然后真相大白了。

宾尼与奥利弗在餐桌旁相对而坐，低声交谈。他们之间感觉不到怒火的存在，两人甚至面带微笑。他们早就忘了奥利弗脚底的疣。他握着她的手，仔细打量她的手指，仿佛在里面落下了什么东西。奥利弗告诉宾尼，几个月前拍摄早餐麦片粥的广告时，自己如何结识了萨丽。她也参演了广告，当然，心里充满了厌恶。

“肯定的。”宾尼赞同了萨丽的想法，仿佛两人是好朋友。这很奇怪，因为她已经与那么多真正的朋友失去了联系，“但你没有爱上她吧？”她在开玩笑，她认为奥利弗会说不。

可是他说：“我有点困惑。”

她心中响起了警钟。

"嗯。"好吧，她也开始困惑不已了。

"萨丽为自己的信仰兴奋不已。她不像一大早就坐在游乐场里的母亲，那些母亲看上去完全*想不起*自己的信仰了。"

"因为母亲们实在太忙碌了。她们会惊讶于自己竟然已经把孩子送到了学校，甚至惊讶于自己竟然穿着衣服。"她笑了起来，展示自己的风趣。

奥利弗冲着宾尼的指甲急切地说了下去："萨丽有许多想法，她会收集创意，就好像……我不知道该怎么说，她就像其他女人买鞋子一样收集创意。她促使我始终保持思考。我知道这话听起来很疯狂，可是宾尼，你一定会特别喜欢她。"

宾尼有种想要大吼的冲动，但她忍住了。"我觉得那不重要，"她说，"而且，也不是*所有*女人都喜欢买鞋。"

"我知道我是个浑球。"

"不，你不是。"她说。

奥利弗叹了口气，把头耷拉在餐桌上，仿佛再也承受不住脑袋的重量。宾尼瞥到他 T 恤底下露出的光滑肩膀，还有点缀其上的小小雀斑。等夏天到了，他的背部又会被晒成金黄色，雀斑也会被掩盖掉。她多想伸手爱抚那些肌肤，触碰他温暖而柔软的身体。她想象自己一丝不挂地躺在他身边，感到心跳错了一拍。猛然间，她发现脑海中是一片可怕的空白，以及无可抵御的终结感。

“宾，你怎么了？”奥利弗问，“你脸色好奇怪。”

“我只是在努力消化。”

她再也不会触碰他赤裸的肌肤。从这一刻起，他们必须表现得像两个只知道对方穿着什么衣服的普通朋友。她无法呼吸，内心无比空洞。

“我之前想向你解释的，”他说，“我应该解释的。可是宾，我实在说不出口。天哪，我觉得自己真是糟透了。”

“不，不，你不必这样。”她摸索着他的手指，可是他把双手夹在双膝之间，只有手臂无力地耷拉在餐桌上。

奥利弗告诉她，萨丽爱他歌里的每一个字眼。（宾尼想：我也爱，只是没有告诉你。）萨丽说他是个有天赋的音乐家，也是个有天赋的演员。“不仅仅是性。”他补充道。他们只做过六次，两次在拍完广告后，两次在车里——

“我的车里？”宾尼惊呼。这句话像箭一般射了出来。她平时从不强调自己对什么东西的所有权。

——还有两次在她父母家。

“她父母家？”

“她已经搬出去了，不得不搬。因为她马上就要有孩子了。”

宾尼瘫软下来，仿佛被人痛击了脊梁骨。性？父母？孩子？她的肺部不足以容纳这些词语，还有呼吸，还有那些越来越膨胀、黏稠不堪的情绪。

奥利弗扭了扭电光蓝的脚指头，眼神软了下来。“对不起，宾。我得负责任。我是说，其实只有在提起的时候我才意识到这是真的，我真希望问题会自己消失。可是宾，这都是因为你啊。”

“亲爱的，你说什么是因为我？”

“你人太好了。我对你说起这件事的时候，仿佛是在透过你的双眼审视它。我发现自己必须跟她在一起。她吓坏了，她需要我。”

宾尼瞥了他一眼，欲言又止。她只觉得这一切太不真实了，仿佛有人从时间的洪流里切除了一块，却没有告诉她。

然后——“不！”她大吼道，用力砸向餐桌，把叠放在一起的早餐盘震得叮当作响。“可可怎么办？卢克怎么办？我怎么办？”

“我知道，宾，你说得对。我已经失去你了，这让我心痛不已，可换作是你，你会怎么做？”

所以他已经下定决心了。**我已经失去你了**。宾尼和她的孩子们已经成为过去式。她咽了口唾沫，可是堵在嗓子眼的东西就像石头一样。“好吧，那你最好搬走。”她说。

“我能先把麦片粥吃完吗？”他问。

不到一个小时，奥利弗就把自己从宾尼的生活中割离出来，粘贴到了别人的生活里。她把他的吉他和行李都塞进车里，还有他的阿斯泰利克斯碗。然后，她开车把他送到了萨丽新租的公寓。他按了门铃，等了一会儿，还揉了揉浓密的头发，随后，一个女孩的身影出现在高窗之后。萨丽站在高处，她看起来那么娇小，就像一只小鸟停驻在一圈彩灯中间。

“再见，小奥。”宾尼抬起手挥了挥。那动作看起来更像是“停车”的手势。

奥利弗转过来，表情沉寂，五官都拧在了一起。“哦，我给你留了瓶香水，”他说，“在浴室里。”

这就是他们的终结，如此直白，如此简单。

当然，事实并非如此。那天早上，宾尼原以为这种疼痛可以忍受，可是在他离开后，疼痛变成了灼烧般的剧痛。她喜欢奥利弗温和柔顺的嗓音，还有他那波澜不惊的语调，仿佛他道出的一切都可以接受。其实不然。每天早上她没有被绊到脚时都会想起，奥利弗的吉他已经不在房间里了；当她发现自己的面霜顶着盖子、规规矩矩地待在原处时，她又会意识到奥利弗已经不在了。不再有人早上九点半到厨房冲麦片粥，也不再有人把炖锅扔在灶台上不收拾，或是在餐桌上留下一圈黏糊糊的蜂蜜痕迹。她盯着那些曾经放置着他的东西的地方，感觉到他的东西依旧待在那里。他的缺席变成了常态，而她再也无法回忆起更多。她扔掉了那瓶香水。

孩子们带回了用纸做的天使和彩玻璃一样的画，每次她用力关上大门，那幅画都会在壁炉上蹦一下。孩子们还在卧室里唱《好国王温彻拉斯》和《三博士歌》[①]。卢克说他圣诞节想要一辆卡丁车，可可说她想捐一只山羊，可她也想把山羊养在后院里。宾尼说："可可，需要山羊的穷人都住在非洲。""你这叫种族歧视，"可可说，"沿

① 两首都是有名的圣诞歌曲。

着这条路往下走就住着一些很穷很穷的人。”宾尼实在招架不住，最后一样都没买。

每天晚上，孩子们都有相同的疑问：“奥利弗呢？”

“可可，他要离开一段时间。”

“我会等他。”

“是我就不等。”

小女孩噘起了小巧的嘴：“可我觉得我会等。”

于是，宾尼既没有买圣诞树，也没有从阁楼里取出圣诞装饰，更没有在厨房里摆满肉馅饼和酸黄瓜，因为这一切都如此徒劳。可她看见女儿趴在窗沿上等待，等待那个宾尼明知不会再出现的人，于是她再也无法忍受。这比等待圣诞老人还要糟糕。她生气地踹洗衣机，用力关门，抬头咒骂阴沉的冬季天空，因为它单调而灰暗，就像特百惠的塑料盒盖一样。可惜，没有任何事物能安抚她的怒火。

昨天晚上，她终于放弃了。孩子们已经爬上了床，她正在看一档一百个滑稽瞬间集锦的电视节目（没有一个能让她发笑），还喝掉了一瓶红酒。之后，她给奥利弗打了电话。为什么不能打？虽然她连自己要说什么都不知道。奥利弗没有接，她知道他不会接，可她还是打了一遍又一遍。既然她已经做了这件原本不想做的事情，就再也停不下来了。她可能总共打了一百个电话，每次他不接，宾尼就感到越发卑微，越发遭到背叛。

“我不在这里。”他的电话留言反复告诉她，“我不在这里。我不在这里。”

宾尼了解奥利弗，他可能把手机弄丢了。手机很有可能被落在了酒吧里，或是夹在了沙发坐垫中间。随后，她意识到了另一种可能性——最刺痛她的可能性。如果手机没丢呢？如果他和萨丽正躺在床上，像美丽的海草般彼此交缠，故意不接电话呢？宾尼想象着那对情侣对自己露出排挤的微笑。

她如此失神落魄，奥利弗怎么敢心平气和？他怎么敢如此轻而易举地就用另一个人替换她，如此愚蠢，又如此快乐？难道她的爱没有任何意义吗？她把空酒瓶砸向厨房墙壁。令她惊讶的是，酒瓶没有碎，而是在冰箱上反弹了一下，掉进一堆脏衣服里，又像只狗一样滚回了她脚边。由于酒瓶没有碎，她又从碗柜里拿出了母亲最昂贵的皇家道尔顿餐盘，一个接一个往地上砸。

盘子碎了，很好。它们碎成了数千片蓝色的瓷渣子，然后她缓缓地蹲了下来。这是她父母留下的最后一样东西，她面部扭曲，发出了无声的呐喊。

“妈妈，”第二天早晨，可可发现了那堆残骸，“我们今天还是在车库商店买早餐吧。”她关上厨房门，似乎觉得宾尼最好不要看见那派光景。

实在太难以忍受了，一切都太难以忍受了，但*我不会哭*。情感淹没了宾尼，可她依旧不愿服输。孩子们四处寻找歌谱的时候，她用手拢起碎瓷片，紧紧握住，直到感觉到被瓷片扎破了手。然后，她把所有情感一股脑儿地踩进了运动鞋里（其实是卢克的运动鞋），又把大门狠狠一摔，震得门玻璃叮当作响。

“浑球。”她对着大门说。

孩子们在前面一蹦一跳地走着，边走边数路边窗子里的圣诞树。“*偏居马槽中*，”可可唱道，“*寝无摇篮托*。”卢克接着唱：“*小小圣婴伸开了甜美的双腿*。”[1]

现在十点多了，天气温和潮湿，奥利弗应该已经吃完了麦片粥。她的孩子们正在排练关于蜥蜴拉里和巴斯

---

① 出自圣诞颂歌《马槽歌》，卢克唱错了歌词，原本为“小小圣婴歪着脑袋，睡得很安稳”。

光年的冬季庆典，宾尼则孤零零地站在一间商店里，周围只有清洁用品。还有比这里更不应景的地方吗？内心深处有个东西在膨胀，她只好收紧下巴控制自己。

“需要帮忙吗？”年轻女人问道。这大概是她第三次问这个问题了，但她并没有提高音量，也没有表现出任何不耐烦。

“首先，我可能需要一个簸箕，还有刷子。因为我要打扫厨房地板。”

“木地板还是大理石地板？”

“是破旧的油毡布。有区别吗？”

“会影响刷子的选择。”

店员搬来一把梯子，给她拿了一个铬合金簸箕。随后，她又拿出几把刷子逐一打量，用指尖轻轻拂过刷毛。“应该是这个。”她微笑着从梯子底下走回来，宾尼想：**你生活得该有多纯粹啊。**

“你不喜欢打扫，对吧？”年轻女人说。

“我不想在这方面浪费时间，反正打扫完还会变脏。要说有什么安慰，我还要补充一句：熨衣服也一样。”

“家务劳动可以安抚心神。”

“红酒也挺管用。”宾尼说。

让她惊讶的是，年轻女人竟然笑了。“一些小细节可以让事情大不一样。这些细节是你只要有时间就能做到的。细节很重要。如果我是个画家，我会画出来，但我不是，所以我不画画。我喜欢打扫。我会拿起一件银餐具，用软布涂抹抛光剂，把整件餐具擦拭一遍。然后，我会拿起一块干净的软布，一定要干净又柔软，再把餐具细细擦拭一遍。我能一直这样擦很久。擦拭餐具，任凭泪水滑落，直到泪水不再涌出。每一次都很管用。”

年轻女人看着宾尼。泪水从她雪白光滑的脸蛋上滑落？难以置信。然而她眼里有某种神情，闪闪发光的神情，就像可可在背后藏了一枚硬币。突然她显得不那么年轻，也不那么干净整洁了。她问：“你的手怎么了？”

“哦。”宾尼羞愧地瞥了一眼手上那些细小的伤口，“不小心伤到了手。”她以为年轻女人会走开，可她没有。她反倒看得更仔细了，仿佛自己对这双手无比熟悉。

“要我教你怎么抛光吗？”

“我？”

“有何不可？”

年轻女人不等她回答，转身走向收银台，弯腰从柜台底下拿出一个鞋盒。她把鞋盒放在金色翅膀的圣诞天使旁边，双手悬在盒盖上，定定地看了好一会儿，仿佛里面装满了神圣的宝藏。随后，她打开纸盖，放在一边。

里面有一块叠起的软布，还有一块裹着一个小东西的软布，以及一罐乳霜。她拿起小罐子、叠起的软布和那一团东西，随意地摆在柜台上。然后她拧开盖子，给宾尼看小罐子里的乳霜。宾尼又闻到了那股柠檬味。年轻女人缓慢而小心地打开那包东西，露出一只小小的银质洗礼杯。

“有时候，生活会变得无比艰难。”她从软布中拿起杯子，“这是事实。”她用拇指和食指托着小杯子，将它放在灯光下。她着迷地凝视着杯子，宾尼也一样。那杯子有可可的拳头大小，把手就像纤细如丝的新月。它看起来如此精致小巧，甚至容不下成年人的手指。杯口下方有一行模糊的草体铭文，杯身正中映出宾尼和年轻女人的脸。

年轻女人用右手将软布搓成长条，再用尖端轻点了一下乳霜，随后把乳霜涂抹在杯子表面，直到整个杯子覆盖上一层白色。她显然已经做过很多次了。只见她把舌尖咬在嘴角，目不斜视地摊开另一块软布，开始抛光。她动作优美地在杯身上留下一个个细密完美的圆圈。

“五年前，我失去了我的孩子，”年轻女人说，“胎死腹中。他看起来那么小，我只能用洋娃娃的衣服来埋葬他。结果衣服只有粉色的，而我想要蓝色的，所以我哭了。可是当我给他穿上那身衣服，我就不再介意颜色了。”

“我很抱歉。”宾尼喃喃道。

“那天是圣诞节，每个人都无比快乐。我觉得自己格格不入。”她没有停下手上的动作，仍然不断地擦拭那只银杯。

宾尼感觉胃里冒出了一个泡泡。不知道为什么，那个泡泡一直在往上升。暖流毫无征兆地掠过宾尼的鼻子两侧，流向她的嘴角。有点咸。她用手掌根部擦了擦，可是它源源不绝。泪水。是年轻女人的慈悲击溃了她，是那不断打磨的动作击溃了她。泪水带来了过去的记忆，那些宾尼曾经深爱又失去了的人。她的父母、奥利弗、其他男友、前夫、旧友、散发着玫瑰精油香味的爱丽丝，还有每天与她在街上擦肩而过的陌生人。那么多生命与她发生过交集，最后都离开了，或者正在离开。那么多爱，那么多力量，都是为了什么？一切都仿佛散发着柠檬的香气。

泪水从宾尼的双眼中渗出，顺着脸颊和下颚滴落到她的头发上。这种感觉如此沉重，很难想象她竟一直孤身一人与之相伴左右。是否有那么一刻，我们记忆中的人被毫无征兆地抛进同一片记忆的海洋？是否有人，比如奥利弗，在这一刻回想起宾尼的大腿线条，然后拿起吉他，在高高的窗边歌唱，沐浴在住宅区的圣诞彩灯中？她哭泣，然后停下，擦拭双眼，然后继续哭泣。

“你要纸巾吗？”年轻女人从口袋里拿出了一张面巾纸。

宾尼大声擤了鼻子。“我平时不这样的，我能忍下一切。瞧瞧我，坚如磐石。从来都不哭。”

“你要是不哭，就不是人类了。想试试吗？”

“什么？”

“你可以试试。”年轻女人把小小的银杯和黄色软布递了过来，“小心不要碰到表面，不然会留下污渍和指印。要做就得做好。”

宾尼小心地在外套上蹭了蹭双手，然后像接过礼物一般，用掌心接过小巧而冰凉的洗礼杯。她全身都绷紧了。银杯碰到了她手上的伤口，可是它那么轻，没有带来一丝痛楚，甚至舒缓了伤口的疼痛。

“没错，”年轻女人把软布塞进宾尼的右手，然后牵着她的手伸向乳霜，仿佛宾尼是个盲人，“轻轻地。”

宾尼掘出一小点抛光剂，轻轻点在银杯上。她拿起用来抛光的软布，在银杯上擦出一个个小圈，从上到下，从左到右，就像年轻女人示范的那样。她放弃思考，只关注眼前的银杯，看着它覆上一层白色乳霜，看着经她打磨过后重现银色的部分。她用指尖轻托银杯，只触碰底座和边缘。不能在上面留下指印。

“你得接受，对吧？”年轻女人说，“他已经离开了。”

宾尼继续用软布打着圈。她短暂地合起双眼，轻轻吸入柠檬的香气。

一段记忆浮现在脑海中。画面如此清晰，仿佛近在眼前。那时，她还是个小女孩，眼前是连着绳子的博朗利香皂。当然，香皂是果冻黄色的，像个带酒窝的小气球。她把那块香皂从袜子里掏出来，拆掉包装纸，顿时——顿时一切都充满了柠檬的香气，就连袜子底下的小蜜橘和胡桃都沾上了同样的气味。整个圣诞节都沉浸在这个气味中。“亲爱的，你得到什么啦？”她的父母在笑，仿佛从未见过连着绳子的香皂。就是这么简单。每年都一样。无论是香皂，还是气味。

她睁开眼，年轻女人正看着她。宾尼一动不动地举着杯子。

“你失去了孩子，太遗憾了。”宾尼说。

“提起他，我感觉很舒服。别人不希望看到我伤心，所以我从来都不提。”

“他有名字吗？”

“我管他叫加布里埃尔[①]。”她指着银杯上的铭文，“因为他正好在圣诞节出生。”

“那你一定很讨厌圣诞节。”

“不，我很喜欢。”

宾尼模仿年轻女人，用第一块软布蘸了点乳霜，点在银杯上。随后，她拿起第二块软布，开始抛光。

“我的对象离开了我。”她最后说道。

她的话在静谧中回荡，年轻女人点了点头。因为她没有回答，因为她毫不吃惊地接受了，因为她没有用自己的话来软化或稀释这句话，她们头一次心意相通了。两人站在同一片土地上，宾尼感受到了两人的重量，两人的失去，但世界并没有停摆或震颤。是的，她还直立

---

① Gabriel，也可译为加百列，是《圣经》中大天使之一的名字。

着，她还在呼吸。

于是，宾尼有了勇气去回忆自己失去的那些人。无论她如何抱怨，一些人已经永远逝去了。年轻女人说得没错，对于某些东西，我们只能短暂拥有。所以，我们为何要自以为一切与我们有联系的人与事，一切我们曾经爱过的东西，都永远属于我们呢？其实只要能悄然走进那片肌肤下的净土，那片紧邻我们的神经末梢的圣地，偷窥一眼我们未曾想象过的美好，就已经足够了。

“我不保证打扫是一切烦恼的解决之道，”年轻女人说着笑了起来，“你可以试试干点别的。比如砍柴，或者煮汤。有时候，你只是需要做点很平凡的，不用思考、只需动手的事情。有时候，也可以试着告诉别人你做了什么。当人们说‘嗯，很好，我喜欢’的时候，感觉很不错。”

这个丝毫不会装腔作势的年轻女人竟然是这般睿智的人？

于是，宾尼决定从厨房开始。她要买棵树，给孩子们挂他们做的手工装饰，然后买些贺卡寄给亲朋好友。离圣诞节还有好几天，现在行动还不算晚。她会买些小小的礼物，微不足道的小东西——比如连着绳子的香皂，还有小蜜橘。她要把那些小东西塞进壁炉架上的羊毛袜子里，按照惯例问候她爱过的人——哪怕只是发一封电子邮件或者寄一张闪闪发光的雪景贺卡。她会告诉那些离开了的人，他们的存在在她心中有多重要，哪怕已经过去了许多年，哪怕大家已经分道扬镳。她的圣诞节将是这个样子。

“轻点儿，轻点儿，”年轻女人微笑道，“瞧，你漏了把手底下的一小块。”

时间不知不觉地流逝。宾尼坐在陌生女人旁边，打磨着她的洗礼杯。她有许多事情要做，有许多东西要准备，还有许多修补工作要完成。但那些事无法在一天之内做完，人有时候最好先从一点小事做起。她还要再待一会儿。

金色翅膀的天使看着她。宾尼细细地擦拭着、擦拭着、擦拭着。

婚姻指南

The Marriage Manual

艾伦和爱丽丝是一对教科书式的夫妻。很多夫妻聚了又散，有人离婚，有人再婚，还有一些人过早地丧偶，然后，他们有了继子女，有了单身派对，有了闪电约会。(“都这把年纪了，”爱丽丝说，“我只想来杯甘菊茶。”)然而，艾伦与爱丽丝已经厮守了二十三年。他们共同谱写的故事俨然成了小小的传奇。“你记不记得那次……？”艾伦会提起，然后爱丽丝会侧耳倾听，眨巴着大眼睛、面带微笑，时而在他遗忘了某些细节时出言相助。他们的故事就像别人家的相册或传家宝，一直保存在玻璃柜子里，不时拿出来拂尘抛光。这些故事时刻提醒着艾伦和爱丽丝，他们度过了怎样的人生。是的，有时当她听邻居抱怨年轻人不好相处，又有谁附和说她的婚姻里也有这种头疼事儿，爱丽丝就会想到自己的家、自己的丈夫、自己的儿子，并且感到一丝得意、一丝庆幸（尽管她从来不承认）。

艾伦把大衣挂在衣橱里，脱下鞋子放到鞋架上。门厅外，一片淡淡的绿光从花园照进温室。圣诞树闪烁着蓝光，然后变为红光，最后两种光一齐欢快地亮了起来。他伸手去拿当天的邮件。

圣诞前夜没有账单，只有一小沓已经拆开的贺卡摆在门厅边的桌子上。他拿起一张，上面印着浪漫的雪景。又是那个穿红衣的年轻女人——她似乎无处不在。艾伦不知道这是什么广告，他甚至看不出红衣女孩和她身后的林地动物究竟有什么关系，在这么一片雪地里，她肯定很冷。尽管如此，这个场景还是让他感觉到了节日的气息，尤其是此刻外面的天气阴暗又沉闷。他也很喜欢电视广告上那段歌，很好听。

艾伦瞥了一眼卡片上大号的手写字体。

亲爱的爱丽丝和艾伦，冬季庆典快乐。我们好多年没见了！！！希望你们还活着！永远爱你们的，宾尼、可可和卢克。

“先生，如果我们今晚不做，就永远做不成了。”

“爱丽丝？”艾伦转过身，妻子正站在温室门口看着他。她穿着居家骡子拖鞋和紧身休闲裤，肩上搭着一件开衫，如同披着粉红色的披风。她双颊泛红，拉直的头发像熨过的纸巾一般垂在耳侧。

“你准备好了吗？”她说。

“准备什么？”

爱丽丝笑了：“别告诉我你忘了。”

艾伦真希望如果他站着不动、不做任何反应，她就会说点什么作为提示，让他猜到两人现在正在谈论什么话题。

“每天早晨你都答应要做，每天晚上你都睡过去了。我觉得你从来不往下看。”爱丽丝从口袋里掏出一双乳胶手套，还有一团塑料绳，“威尔待在房间里，所以要抓紧时间了。艾伦，这可是你的重大时刻。”

原来爱丽丝在说威尔的圣诞礼物。他们在网上买了一套组装包，藏在楼梯底下的橱柜里。艾伦的确没往下看。她说得对，他一直在拖延，因为这项工作太简单了，一点儿乐趣都没有。艾伦觉得组装一辆竞速自行车简直是小儿科，尽管那是送给儿子的礼物。他想在圣诞前夜做点更有挑战性的事情，比如挖一个观赏用的池塘。他真的很想挖一个，只是没人会挖池塘送给十二岁的儿子当圣诞礼物。

爱丽丝把橱柜里的大箱子拖了出来，穿过门厅走向温室。组装包比艾伦想象中的大得多，也重得多，爱丽丝已经累得涨红了脸。“是我有问题，还是这里太热了？”她把箱子一把推进门里。“我来吧。”艾伦拖着箱子来到温室中央。箱子里传来了风铃一样的响声，仿佛里面装着很多细小的零件。

“可能有什么东西坏了。”爱丽丝说。

“哦，应该不会。”艾伦嘴上虽然这么说，心里却也咯噔了一下。如果里面有东西坏了，那就得修。他把箱子推到了温室正中央的位置。

“我好兴奋，”爱丽丝说，“艾伦，我们从没一起干过这种事，对吧？”她露出微笑，好像已经在想象很久以后要讲述的故事——*那天晚上我们组装了一辆自行车*。

他们端详了一会儿摆在两人中间的箱子。有点奇怪。艾伦以为箱子上会印照片，至少得有个标签，可是什么都没有。那就是个空白的褐色大箱子，跟其他纸箱没什么两样，还捆着好几条褐色的胶带。艾伦掏出折叠小刀，在胶带上划开一条缝，随后轻轻打开箱盖，往里面看了一眼。

每年给威尔准备圣诞礼物的难度都在不断提高。他还小的时候，圣诞礼物往往是动物玩具——今年一个农场套装，明年一个动物园套装。他们送过骑在小马上的塑料骑士，接着是塑料大兵。还送过玩具拖拉机和玩具飞机，接着是玩具飞机的组装包。可是，每年圣诞节的清晨，当艾伦看向圣诞树下爱丽丝用缎带和银色蝴蝶结装饰好（她上过礼品包装课）的那堆礼物，不但没有感到兴奋，反倒倍感疲惫，几乎喘不过气来。他深知无论他们送什么礼物给威尔，结果都一样，年年都是如此。威尔会一个一个地拆开包装精美的礼物，极具耐心地撕开每一条胶带，然后反反复复打量他的新玩具，有礼貌地说一声“谢谢”。最后，他们发现威尔在玩什么？那些缎带。

“怎么样？”爱丽丝凑到艾伦的肩膀旁边，“盒子里有什么？”

一堆细小的金属零件，这就是他看到的东西。艾伦本以为只需要组装两个辅助轮就行了，但显然，他面前的任务需要用到工具箱。尽管挂钟已经快指向晚上八点，他还是感到一阵兴奋。

“爱丽丝，退后。”他说。

艾伦把箱子翻到侧面着地的角度，倒出里面的东西。“小心点！”爱丽丝提醒了一句，可是已经晚了。几百个零件像泉水一样喷涌出来，螺母、螺钉、垫圈、螺杆、顶盖、卡扣、金属板，还有管道、线圈、支架、夹子，小零件在温室地板上散落得到处都是，甚至蔓延到了远处的三件套西装和圣诞树附近。

“老天！”艾伦说。

“天哪！”爱丽丝说着，跪倒在地。敞开的箱子几乎有两个她那么大，“自行车一般是这样组装的吗？轮子在哪儿？”

“爱丽丝，我也不知道。我甚至连根链条都没看到。”

“我们要把这些东西都拼在一起？”

艾伦挠了挠头。“我猜，”他说，“我猜是的。”

“箱子里应该有说明书。”爱丽丝手脚并用地朝它爬了过去，艾伦则去厨房拿来了工具箱。

爱丽丝亲昵地管艾伦叫DIY大师。他们刚搬进这座房子时，艾伦还比较低调——只是装个挂相框的钩子、钉一副架子，接着是小打小闹的修理。随着时光流逝，他学会了更复杂的技巧，比如怎么修内门，怎么给屋顶做绝缘，怎么做散热器的盖子，怎么挖简单的水池。

他们是整条街上第一个装了安全灯的房子（艾伦自己装的），也是第一个拥有绿色背光（包括十种氛围设置）灌木丛的家庭（也是艾伦自己装的）。他在楼下的浴室里装了一块显示时间的镜子（尽管布线的时候出了点小问题，而且爱丽丝依旧喜欢用楼上那面镜子），有一次，艾伦还送给她一个全新的厨房作为惊喜。去年夏天，他们没有出门度假，因为艾伦在后院建了一座爱德华风格的温室。那是艾伦记忆中最美好的夏天。那年夏天，他没有穿上短裤和夏威夷衬衫，而是每天都套着反光衣和安全帽。温室是他的最高成就。在搭建过程中，他数次考虑过放弃，因为工程突然变得无比庞大，显然超出了他力所能及的范围，可是艾伦每次都把问题解决了，而且精确到每个细节（没错，他不得不做一些调整，因为工具永远不够完美）。他喜欢打量白色塑料板包边和树脂顶板，还有光滑的硅胶接缝。并非这些部件有什么问题，只是因为他很喜欢回味自己亲手组装时的感觉。

他回到温室时，屋里很安静。“爱丽丝？”他喊了一声，但是见不到人，只有箱子和那堆零件还在地上。她决定把组装的活儿全都交给艾伦。艾伦卷起袖子，拿起一把螺丝刀，不自觉地哼起了广告上的圣诞歌……

“唱得不错，艾伦。”

他愣住了。“爱丽丝？”她不在温室里。温室里没有别人了。

“我找不到说明书。”那个箱子用有点尖细的声音对他说。

爱丽丝屁股朝后从箱子里爬了出来，双手和膝盖压到了几颗螺母和螺钉，她还从里面拿出一个像是转向轴的小玩意儿。艾伦跑了过去。

“让我来吧。”他的语气比想象中还要热情，不由分说地占据了地板正中间的位置，“你帮我找零件，好吗？”

“我还以为这次我也要搭把手，我们不是要一起做吗？”

“可你太擅长找东西了。你先帮我找把内六角扳手吧。”

爱丽丝打开工具箱，递给他一把内六角扳手。

“就像我也知道自己擅长什么。早在像威尔这么大的时候，我就能轻而易举地拆开并重组自行车了。接下来给我一把活动扳手。”

“活动扳手，给。”

“那是梅花扳手。”

“是吗？”

“是的。”

“艾伦，扳手看起来都一样。”

他宠溺地笑了。这些工具就像他的老朋友。艾伦描述了开口扳手、梅花扳手和活动扳手的形状，说明了它们各自的作用和尺寸，爱丽丝咬着手忍住了一个哈欠。等艾伦把三根螺钉和三个螺母对上了号，爱丽丝又钻回箱子，找说明书。

可惜艾伦无法让威尔对DIY感兴趣。这本应是父子之间的互动——一起做东西，完成之后再去工具店寻觅新的工具，把同样的东西从头到尾再做一遍，做得更好一些。艾伦试探过威尔：“儿子，我们来装一组架子吧？要不要我教你用电钻？”威尔只是用那双令人心神不宁的深褐色眸子盯着他。他长发夹在耳后，纤瘦的肩膀就像细细的枝条，看起来水火不侵。“老天，”艾伦不耐烦地说，“你就不能去剪个头发吗？”

“啊哈！”爱丽丝在箱子里欢呼了一声，“我找到说明书啦。它被夹在翻盖底下了。”

艾伦本以为说明书是一张纸，可她找到的是一大本黑色册子。那玩意儿不像组装说明书，倒更像赞美诗集。

“我看看吧。”他说。爱丽丝已经翻开了册子，眉毛拧在一起。

“艾伦，这东西好像不是英语写的，而且连图片都没有。”她把说明书递了过去。

她说得没错。这是什么语言？页面上全是圈圈点点的陌生文字，看起来更像音符，还戴着尖帽子，穿着小鞋子。

“这下我们要怎么组装一辆自行车？”她快急哭了，“艾伦，你干吗要拖到现在才做这个？”

只能靠经验行事，用自己的常识来判断了。他在一堆螺母和螺钉里翻找，灵活地将它们配对。

爱丽丝在他旁边跪坐下来，双手不安分地搭在膝盖上。“你确定我什么忙都帮不上吗？”

“我觉得现在应该走一步算一步。请给我棘轮。”

“是你说我们应该一起做的。什么是棘轮？”

“这个就是棘轮，爱丽丝。难道我什么都要自己来吗？”

“不，艾伦。我可以帮你，我们说好了……”

“等我把大致轮廓研究出来了，你再来完成细化工作。爱丽丝，你很擅长细节。瞧瞧这些软装。你在细节处才能发挥出真本领。”

爱丽丝盯着自己的手指甲，不耐烦地叹了一口气。她撩了两下头发，又叹了一口气。随后，她开始四下张望。“艾伦？”她问了一句，“那是一条新裂缝吗？”

“什么？”他忙得顾不上抬头看。

“就在你身后，你为了建温室而打穿的地方。”

“当然不是了。你帮我拿着这个——嗨，小心点。爱丽丝？爱丽丝？你在干什么？你为什么不帮我？你要去哪儿？”

时钟报响了九点的钟声。

爱丽丝面朝墙壁站着。那的确是道新的裂缝。她仔细一看，裂缝从顶上的挂镜线一直延伸到地面的瓷砖。这条裂缝先前并不存在，她用吸尘器清理地面的时候发现了它。一条头发丝一般的裂缝清晰地出现在温室外板和房子外墙的连接处。她把脸贴了上去，感觉异常舒缓，就像一只冰冷的手抚上了她的脸庞。她甚至能听见声音——那是什么？就好像一声小小的叹息，仿佛有东西从她身旁经过，走向了远处。

“爱丽丝！”艾伦喊道，“爱丽丝！扳手！”

"你自己拿！"

爱丽丝吓了一跳。她从来不发火。而且多年以来，她一直在努力摆脱自己的港湾口音。可现在口音又回来了，她的辅音几乎没有发出声音。

"你说什么？"艾伦说。

"我受够了，"她字正腔圆地说（让自己听起来更像爱丽丝），"我受够了给你递东西。我想加入。"

"那你也别发脾气呀，"艾伦说（听起来像是在说他自己），"我们认识的那天晚上，在学生活动中心，你肯定不会这样对我说话。"他笑着说，"还记得吗？"

爱丽丝眯起眼睛打量着墙上的裂缝，她发誓它刚才颤了一下。"那天我喝醉了。"

"喝醉了？你？我可不这么想……"

"没错儿，酩酊大醉。"

"**爱丽丝**？"

"醉得跟条死狗似的，完全断片儿。"

"你说什么？"

艾伦又笑了，但是笑声不像刚才那般愉快。"你没喝醉。我们是一见钟情。你看到我，然后冲进我的怀里。

你对我说：‘老天，你真完美。’[①]爱丽丝，你知道这个故事。当时你的口音我一个字都没听懂。你还记得吗？”

一股冷风从裂缝里吹出来，直吹进爱丽丝嘴里。“我说的是留神你的脚！[②]我要上厕所！看好你那又骚又臭，自以为是的臭脚！你挡着我了！连我们拍结婚照，你都挡着我了！还有你好不容易把我送去医院，助产士大吼着叫我用力的时候！”爱丽丝猛地用手捂住了嘴。

艾伦坐在地上盯着她，没有笑，不管是欢快抑或狐疑的笑声，都没有。“你刚才说什么了？”他有点喘不过气来。

爱丽丝跌跌撞撞地找到长靠椅，坐了下来。她膝盖发软，脸颊滚烫。她的嘴怎么了？她拿起一个零件，看起来能对上另一个零件，她可以把这两个东西拼凑起来，慢慢地、小心翼翼地……“我负责这块，怎么样？”

“可那是我们的故事啊。”艾伦说，“我们经常回忆在学生活动中心的相遇，回忆你扑进我怀里的样子，那就是一见钟情。”他拿起一把螺丝刀，“不过现在听你这么

---

① 原文为：“My，you’re great.”

② 原文为：“Mind your feet.”

一说，我不得不承认，当时我其实看上了别人。”

“你？”她难以置信地反问，艾伦不太喜欢她这个样子，“谁？”

“一位年轻姑娘，名叫琳达·施皮尔斯。”

“琳达·施皮尔斯？你说**那个**琳达·施皮尔斯？她奶子有我脑袋那么大！”

“她觉得我很风趣。”

“好吧，好吧。”爱丽丝严肃地说，“这我可不知道。”她用老虎钳夹住那个小东西，试图把老虎钳塞进双膝中间。钳子弹开，打到她的手指。“啊！”她喊了一声，所有东西掉到了地上，“**这破玩意儿**就是安不到**那个破玩意儿**上。”

“因为它俩不该安到一块儿，爱丽丝。那两个都是垫圈。等会儿，你刚才说什么？”

“不知道。”

如果这些东西不那么复杂，如果她能看懂说明书，如果他们直接从商店里买一辆已经组装好的自行车……她甚至不确定威尔到底想不想要一辆自行车。谁知道他想要什么？他小时候那么快乐，对一切都那么好奇。他就爱跟着她到处走，喋喋不休地说个不停。现在，她能听到威尔对她打声招呼就已经很不错了。跟他说话就像对空气说话。

她怀疑威尔在学校受欺负了。因为她每天下午都看着他穿过花园小径，脑袋低垂，仿佛肩膀承受不了那么多重量。每次看到威尔这个样子，她都感到心碎。几个星期前，她刚见过威尔的年级组长金女士。那是一位面如樱桃的女人——可能因为她穿着一件崭新而蓬松的滑雪夹克，还把拉链拉到了最高处。爱丽丝谈到了威尔的沉默寡言、他频繁的头痛，以及他有多反常。金女士仔细听了她的话，然后问了几个让爱丽丝感到眩晕的问题。她甚至感到自己被冒犯了。“我认为威尔正在经历一个调整阶段。”金女士最后道出这句话，还用别有深意的目光看向爱丽丝，仿佛在暗示……暗示什么？

爱丽丝毫无头绪。她没等理解那个目光的含义就逃出来了。

但那不是重点。艾伦还在说话，还在回忆两人第一次相遇的夜晚。“我觉得我们正在谈论的东西跟我们一直以来回忆的故事完全相反。根本不是一见钟情，我们的相遇不过是一个无比平凡的意外。爱丽丝？”

她扔下垫圈，开始把地毯上的螺母和螺钉按大小分类。小的，很小的，小小的，细小的。

“我想知道真相。”艾伦说。

“我们能安安静静地干活吗？”爱丽丝说。

温室里有什么东西发出了咔嚓声。

艾伦打着手电筒穿过亮着绿光的灌木丛。他有点不安，仿佛脚下的土地突然消失了。他看了一眼露台，然后缓缓地用手电筒扫过整个温室。屋子里是空的，只有一棵闪闪发光的圣诞树、几百个零件和一个巨大的箱子。他没发现房屋结构有问题，一切都保持原状。艾伦伸手摸了摸冰凉的白色塑料镶边，心里踏实了不少。

如果天气再好点就好了。天气谈不上暖和，但也不算冷，没什么存在感。头上是无色的天空，好像随时要下雨，但怎么都下不起来，就这么大大咧咧地盘踞在上面。压在头顶的黑云到了晚上就像塞在陆地和天空之间的填料。整条街上的房子都闪烁着圣诞灯饰的光芒。难怪人们要把一切能摸到的东西都用亮片和灯泡装饰起来，装饰得像是锃亮的水果——如果不这么做，谁能熬过这整日的昏暗和黑云压境呢？事实上，有些时候，真的只是偶尔，艾伦会对圣诞节心生抵触，他觉得这个节日就是添置过量的东西，好让人们能够在一月享受丢掉它们的快意。

他又摸了摸温室的墙。不，爱丽丝错了，墙上没有裂缝。

艾伦抬起头，惊讶地发现一张小脸从威尔的卧室窗口探了出来。他从未见过如此孤寂的脸。晚上并不冷，但艾伦还是颤了颤，把上衣裹紧。下一个瞬间，那张脸消失了。

“没声音了，”爱丽丝对他喊道，“我听见玻璃震了一下，然后就没声音了。我猜是只鸟。”

“有可能。”艾伦说着把鞋脱掉，放回鞋架上，光脚穿过温室。

爱丽丝跪在一堆螺母和螺钉中间，全神贯注地将其中一个拧到另一个上面。她的化妆包放在一边，没有合起来。她在涨红的脸上补了一层粉底，可她的脸蛋依旧发红。一束拉直的头发也卷曲起来了，正好位于脑后她看不见的地方。艾伦突然感到款款柔情涌上心头。

她说：“我到楼上去看威尔了。”

“他好吗？”

“睡得可香了。”

时钟报响十点的钟声。

艾伦蹲在爱丽丝旁边。他有种孩子气的冲动，想握住她的手——他如此熟悉那双手，还目睹了那双手上的皮肤渐渐老去。他目睹了那双手渐渐皱缩，可是在这一刻，他比任何时候都更钟爱那双手。不过，他最后还是拿起一颗钛合金螺钉，专心地将它拧到了一块盖板上。

她对着周遭的寂静说：“艾伦，我不知道自己刚才怎么了，竟然说了这么多我们相识那天的胡话。都因为这堆东西。你瞧这些零碎的小玩意儿，又没有说明书。那天我当然是被你吸引了。”

“我也一样。琳达·施皮尔斯当然比不上你。”

他们终于笑了，熟悉而放松的笑声，感觉就像两人坐在了一张舒服的椅子上。

“艾伦，要我给你递东西吗？”

“爱丽丝，你不用给我递东西。”

“啊，可我喜欢给你递东西。”

“那如果你愿意，可以给我一把一字螺丝刀。”

“当然愿意。”说着，她又递过去一把扳手，可艾伦什么也没说，只是笑笑。

“爱丽丝，我们有好多故事。你还记得那次我改造厨房，给了你一个惊喜吗？”

“哦，”她记起来了，而且发出笑声，“确有其事。”

他们安静地工作了好几分钟。艾伦知道爱丽丝在想改造厨房的事，因为她不时会发出小小的嗤笑，随后又摇摇头。接着，她说：“你能递一把斜口镊子过来吗？”

“你说什么？”

“在我的化妆包里。我抓不住那些尖尖的零件。”

艾伦转过头。“你到底在用什么工具？”

“你出去的时候，我发现你的工具都太大了，这就是问题所在。于是我拿了自己的化妆包来。瞧，我已经组装了一个脚踏。”她举起一个东西，看着像是一块支离破碎的板子。

“说明书什么地方教你组装脚踏了？”

“说明书没教。你应该记得，那上面什么都没说。我们正在组装一辆不知道如何组装的自行车，而手头唯一的一份说明书看起来就像天书。于是我把这块和这块拼在一起，就成啦。”

“可它们根本就对不上，能拼在一起是因为你用化妆刷把其中一个强行装到另一个上面了。”

"我用的是直发板。"

"我的老天！"

爱丽丝扔掉脚踏，转身对着墙壁。她发誓自己听到裂缝里传来了一点风声。"顺便告诉你，裂缝越来越严重了。"她说。

艾伦摇摇头。"那不过是灰泥，"他说，"所有建筑物都会起变化。你看见有缝是因为很久没下雨了。"

如果爱丽丝凑上去，就能看到裂缝内部。那里面又黑又深。她把指甲卡进最宽的地方，抠下一些像玉米淀粉一样细腻的灰尘和小沙粒。她又感觉到了那种冰冷的空气。"不管怎么说，虽然我可能不太擅长DIY，可我至少从来没忘给你买圣诞礼物。"

那句话就像打在艾伦脸上的巴掌。"爱丽丝，那是十四年前的事情了，早就过去了。我用改造后的厨房给了你惊喜。我们刚刚还在谈论那件事呢。你说那是你收到过的最棒的圣诞礼物。"

"我只是好心给你台阶下。我想要香水、高档内衣，想要普通的礼物，而不是花岗岩台面，酒吧腰门。我甚至根本不喜欢下厨。"

"可你每天都在下厨。"

“那并不意味着我喜欢。我只是厨房的奴隶……”

“可你忘了十四年前你特别抑郁。当时太艰难了。”

“你想说，你忘了给我买圣诞礼物完全是因为我？”哦，不，她又开始大喊大叫了。

艾伦拿起一个钢索注油器，想找东西跟它拼在一起。当然，他放眼望去找不到一根钢索。他看了一眼倚在墙边的爱丽丝——她满脸涨红，又有一束头发开始打卷儿。那儿的确有个裂缝，他现在发现了。可她正在把手指头塞进去，准备将事情弄得更糟。他感到一股怒气，仿佛有人掐住了他的肠子。他拿起一把锤子，还有几根铁钉。

“我应该说的是——咣——我想说的是……一、收起你的异想天开！二、如果你那么孤单，就去找份工作！咣。你拿到学位后就没工作过！三、你知道每天回家对着一个自以为‘家务殉道者’的妻子是什么感觉吗？咣。四、顺便告诉你，你根本不会做饭！我花了多少年——咣——多少年！忍受卡在牙缝里的鱼刺、没剔干净的软骨，天天消化不良！你肉都没煮熟！蔬菜全部煮过头！你做的布丁能让人犯心脏病！那年我根本没忘记买礼物这事儿，我只是懒得买！”

爱丽丝感觉自己变成了空气。她听得清清楚楚，但还是觉得自己听错了。这不是真心话，对吧？她想扶着墙壁，却又摸到了那条裂缝。她把手指用力插进缝隙里，感受墙体内部的冰冷。裂缝开始抖动、延伸，仿佛里面有东西想挤出来。如果她不扶稳墙壁，肯定就要瘫倒在地了。

“是真的吗？”她问。

艾伦哼了一声，又哼了一声。

“你真的懒得给我买礼物？”下巴颤抖着，她不断做深呼吸，以免自己哭出来。可是在接下来的一片死寂中，她心里涌出了别的东西。愤怒。它从哪里来？愤怒像冰块一样填满了她，让她感到双臂、双脚和脑袋全都被冻住，成了玻璃。

“我想要个孩子！”

“爱丽丝，冷静。”艾伦说。

“别命令我冷静！”爱丽丝说。

“你怀不上孩子不是我的错。”

“哦，哈哈哈！”

“你什么意思？”

爱丽丝也不知道。可是在那一刻，她气到无法思考。“我早就该走了，”她狠狠地说，“那天我装好行李箱就该一去不回。”

"你装好行李箱？什么时候？"艾伦已经顾不上拧螺丝，也顾不上把它们拼凑起来，而是扔到一边。

"我们结婚十周年那天。"

"你在我们结婚十周年那天装好了行李？可那是你有威尔的前一年……"

"我知道！"她的心跳得飞快，整个人有些眩晕，几乎无法坚持下去了。然而说出这些话又有一种无上的愉悦，一种解脱——冰冷得足以让人产生灼热的错觉，"我曾经想离开你。"

唯有铁锤的敲击声打破周围的静寂。

"那你为什么没走？"

"我感冒了。"

艾伦感到喉咙一紧。他几乎无法吞咽。他想怒吼，他本来是要怒吼的，可是他们头顶上的树脂屋顶突然发出了漫长而尖厉的呻吟，仿佛身处怒涛之中的木船。两双眼睛看向正上方，紧接着两个脑袋开始左右躲闪，因为整个屋子的硅胶接缝开始嗞嗞作响，玻璃墙也颤动起来。墙上的裂缝越开越大，宛如一张打哈欠的嘴。

"冷静。"艾伦大喊一声，跳了起来，用力张开双臂，仿佛在警告周围的所有东西，让它们定住不动。

“冷静？”爱丽丝吼了回去，“冷静？温室要塌了！我要去看威尔。”

“我跟你一起去。”

她转过身，脸红得像个紧急按钮。“是你盖了这东西！你留下来收拾残局！”爱丽丝踢掉脚上的居家骡子拖鞋，飞身跑上楼去。

第一个楼梯拐角处，一切如常，没有任何异样。站在这里甚至可能对底下的混乱毫无察觉。吊灯淡黄色的灯光照在鲜花墙纸上，威尔的圣诞袜挂在紧闭的房门把手上。爱丽丝轻轻敲了两下门，更像是摸了两下门板。随后，她悄声把房门打开了一条缝。

威尔侧着身子睡得正熟，双手搭在头侧。

每当威尔睡下，一切就显得容易许多。尤其是这些天，她只有在这种时候才能真正停止担忧。

爱丽丝轻手轻脚地经过威尔的睡床，来到窗边，拉开一点儿窗帘。从这里能看到温室。艾伦已经坐回地上，正像个疯子一样把东西拼凑在一起，一头乱发东倒西歪。花园在他身边散发出幽幽的绿光。

可能因为她是从高处俯视艾伦，也可能因为这天晚上实在太诡异了，她看到一个坐在黑暗中的中年男人（虽然身处玻璃温室，周围有他亲手打造的发着绿光的灌木丛），显得如此渺小。所有东西都一样，都显得如此渺小而脆弱，仿佛是用湿透的纸巾做成的，随时可能坍塌。爱丽丝脑海中飞快闪过自己年轻时的模样——浑身散发着玫瑰精油的香气，带一个背包就能环游世界。她还记得宾尼，记得曾经自己到哪儿都跟着她，记得两人躺在草地上嬉笑打闹好几个小时，记得她们偷吸宾尼妈妈的寿百年鸡尾酒香烟。瞧瞧现在的我啊，她想。我只是一个灵魂的残片，再也不完整。如果宾尼见到我，也一定认不出我来。

当然，爱丽丝也有别的朋友。可她要怎么对她们说呢？那些朋友，那些女人——她推着婴儿车或拎着采买的物品时在街道上遇到的人，洗衣机塞得太满或洗衣粉用光时她帮过一点小忙的人。该怎么开口？“我觉得我的婚姻可能——”可能**什么**？她的婚姻该用什么词来形容？不是**完蛋了**。不对。那是什么呢？

不一样了。

不再是她走进婚姻时想象的模样。

然后，她又该如何对那些朋友说，我觉得我儿子可能——可能**什么**？他到底怎么了？她想起金女士在学校里对她说的话，想起她问的问题。威尔在家里快乐吗？你们生活中有什么困难吗？你们夫妻的关系还正常吗？他在家里当然很快乐！问题出在学校！“威尔以前在学校也很快乐，”气死人的金女士回答，“他总是在笑，总是处在人群的中心，所有人都喜欢他。”

“但有的时候，我们就是会对眼皮底下发生的事情视而不见。”金女士喃喃着，没有看爱丽丝，而是整了整滑雪夹克的拉链，“我认为威尔正在经历一个调整阶段。”

爱丽丝再次回忆起金女士突然抬起目光的模样，她一眨不眨地盯着爱丽丝，仿佛在暗示自己已经给出了最重要的线索，并且等待爱丽丝说出下面的话。

十一点的钟声响起，她该回到楼下去了。她在门口转过身，突然有种奇怪的感觉，那种感觉已经超过了预感，威尔似乎真的在看着她。他可能一整晚都在看着他们。她迅速关上门，轻抚挂在门把上的圣诞袜，听见里面传来沙沙声。

亲爱的圣诞老人：

我圣诞节想要……

爱丽丝看着那些文字，张大了嘴。

“艾伦，”她来到温室门口，手上拿着威尔写的信，“我有事要告诉你。”

艾伦已经把大部分零件都组装起来，使它们有了个雏形——每个组件大约都有一英尺长。他小心翼翼地拿起最大的那块，将它直立起来。他放开双手的那一刻，爱丽丝紧盯着那块组件，屏住了呼吸。它只稍微摇晃了一下——就像婴儿第一次自己站起来，紧接着，它便稳住了。

“威尔圣诞节不想要竞速自行车。”爱丽丝说。

“那正好。”艾伦说。

与此同时，墙上的裂缝几乎成了一个大大的开口，足以塞进一团卷得紧紧的报纸。地上还落了一层灰色水泥粉末。爱丽丝将此情此景看在眼中，十分肯定他们的斜屋顶不再倾斜，而是在扭曲。“你真的确定这座温室够安全？”她问。

“如果我觉得它不够安全，还会坐在这里吗？”

然而，艾伦坐在一堆细小的零件中间，还是显得有些奇怪。周围的一切都显得有些奇怪。

爱丽丝把威尔写给圣诞老人的信递了过去。“他说他想要一条绿色的裙子，要有心形领口，还要有缎子腰带。除此之外，他还想要一套顶级王牌卡牌桌游，还有一个U盘。后面两样我都买了，只是没买裙子。我没……你明白，我没想到这一点。”爱丽丝弯腰拾起一颗螺钉，但没有把它旋进螺母，而是攥在了手心里。

艾伦把一条管子用力塞进另一条管子里，可他没对准，导致两条管子都脱了手，飞向旁边的圣诞树。墙上的裂缝闷哼一声，又喷出一把粉尘。

爱丽丝扔下螺钉，死死地抓住门框。哦，那种冷风呼啸的感觉又出现了。

“你觉得，”她激动地说，“你**真的**觉得自己**擅长**DIY？不知道多少次，不知道**多少次**，我不得不趁你远离这座房子的时候叫一队**真正的装修工**来收拾残局！你还记得吗，那次你在浴室里装了显示时间的镜子，结果差点把我给**电糊**了？真要计算你搞过的破坏，你就该被**关起来！**”

艾伦猛地站起来，手里拿着一把扳手和一把爱丽丝的化妆刷。“你觉得你是这个家的**奴隶**？这座房子脏死了，简直像个**垃圾场！**你洗完的衣服我都得拿到洗衣店再洗一遍！你这——埃塞克斯的乡下姑娘！”

“你这——没本事的财务咨询师！”

一道绿色电光从裂缝的方向射了出来，掠过温室地板，击中圣诞树，发出一声巨响，仿佛给了它一记直击心脏的枪决。温室的金属支架开始扭曲变形，艾伦冲向爱丽丝，抱着她逃到了安全的门厅。与此同时，温室的树脂顶板在一声尖厉的巨响中撕裂了。紧随而来的是爆裂的声音，整个温室的外部框架猛然浮起，随后一根接一根地断开，使温室一侧向外倾倒，宛如一叠散落的卡牌。乒、乓、砰。坍塌只持续了几秒钟，但这个过程似乎切断了电力供应，因为灌木丛突然不再发出绿光，而是融入了夜色。周围不再有光亮，只剩下电线烧焦的气味。

“艾伦？”爱丽丝叫了一声。

“爱丽丝？”艾伦也叫了一声。

他们穿过墙上的破口。房子一侧出现了一条大裂缝，夜色透了进来。温室曾经矗立的地方现在只剩一个空荡荡的框架，还有堆积成山的碎石和塑料顶板。一串串硅胶接缝如飘带般垂落下来。

“我们刚才都说了些什么？”爱丽丝双手抱紧自己的

身体，“我们都做了些什么？”她呆呆地凝视着黑暗。

事实是，婚姻并没有说明书，产房里也没有生育快乐儿女的指南。没有人告诉你去做这个、去做那个，也没有人告诉你做完之后能得到什么结果。一切都要在前进的路上自行体会。养育你的人同样派不上用场，因为他们似乎彻底忘却了自己以前是如何完成这一切的。没有谁说得准一对夫妻该怎么维持关系，或怎么养育孩子。不过，事情没有按照预想发展，并不意味着一个人的努力完全没有作用。

艾伦和爱丽丝肩并着肩，静静地站在一起。

午夜的钟声响起，威尔又一次来到卧室窗边，坐下。他看到了一切，而且他总能看到一切，因为他一直在观察。可是现在，有些东西不一样了。究竟是什么？

温室不见了。

楼下，两个佝偻的身影走进空无一物的黑暗。一个是他的母亲，头发全打着卷；另一个是他的父亲，浑身尘土。威尔看到父亲伸手揽住母亲的腰，母亲的脖子像吊桥一样垂下去，把头靠在父亲的肩膀上。

威尔仔细看了一眼父母给他做的礼物。它有个歪斜的尖顶，两侧各有一个小轮子，仿佛组成了双手，底下则是一对扁平的脚蹼，勉强保持直立。那东西的躯体由一堆配不上对的螺钉和螺母构成。父亲的外套搭在它的一侧肩膀上，母亲的棉拖鞋则胡乱扔在它的脚下。那东西仿佛从废墟中诞生，就像焦土上的一枝野花。他很高兴那不是一辆自行车。威尔喜欢它。特别喜欢。

就在那一刻，威尔想清楚了一些事情。这个想法那么庞大，那么怪异，让他几乎无法形容。而它其实只是一个想法，一个轮廓。即便在他的父亲和母亲与世长辞之后，还会陪伴着威尔。不管这想法是什么，它都是事实。他的父母用混乱的爱造就了他。他们尽了全力，当然也犯了错误。绝大多数时候，他们都很笨拙，现在那些错误已经成了他的一部分。他曾经被深爱过，现在仍旧被深爱着，将来也能够去爱。威尔，鼓起勇气来。

一架飞机从头顶上飞过，信号灯在黑夜中闪闪发光。威尔凝视了一会儿，渐渐发现了更多亮光，就像满天星辰。他想象着飞机上的人：有的在睡觉，有的醒着，有的人凝视着地面，凝视着万家灯火和城市的街灯，甚至有可能正凝视着这条街上的房子。那些人都要去过圣诞节，每个人都那么与众不同，却同时飞过他的头顶，处在同一段旅程中。

威尔抬起头，与此同时，他意识到自己也在向下俯视，仿佛他刚从自己头顶上飞过，还打了声招呼。

一阵微风拂面，天空重归寂静。

怪天气向机场袭来

Christmas Day at the Airport

地点，机场；时间，圣诞节清晨。所有航班都被暂停，等候通知。没有飞机着陆，也没有飞机起飞。

旅客们聚集在出发时刻屏下方，抬头凝视着屏幕，就像在等待一个信号。然而，什么都没有发生。有人穿着滑雪的装束，有人似乎要去阳光灿烂的胜地休闲。绝大多数人都穿着轻便的衣服，准备度过漫长的飞行旅程。周围已经没有座位，人们或是趴在桌上，或是躺在地板上——用大衣和背包替代毛毯和枕头。行李箱排列在一起，像花园围墙一样隔开了一片片人群。天还没大亮，机场餐饮店的食材已经快要耗尽。

玛格达一动不动地站着。她穿着一条运动裤和一件宽松的帽衫，布料都堆在肚皮上。她扎在脑后的马尾辫眼下已经宛如一条破布。她也在等待信号，只是这个信号有点不太一样，而且她不知道信号会以什么方式出现。

可能是感觉，可能是气味，也可能是未知的东西、无法形容的东西。她小时候目睹过一头鹿出现在马路中央，此刻她又回忆起那个光景。那头鹿鼻子对着天空，因为惊恐而僵住不动。从那以后，她就再也没见过鹿。

她旁边那个矮胖的女人穿着一身牛仔连体裤，戴着一串沉重的镍制手链。她的手臂和脖子都覆盖着蓝色文身，有小鸟、人鱼和巨龙。虽然从外面看不见，可她背上还文了一个长发及腰的女战士。玛格达很喜欢那个文身，欣赏那些文身就像欣赏博物馆里的画作。那个女人年龄有她两倍大，足够当她的母亲，却把头发染成了朋克粉，还剃成了刺头。路人见到她们俩都会绕着走。有人咕哝："住拖车的垃圾。"那又如何？她们还听过更过分的言辞。

候机厅被擦得闪闪发光，俨然玻璃制成。整个空间倒映在窗户上，显得更加敞亮，如流水一般朝着晨光蔓延。每个角落里都安上了发光的广告牌，提示着各种优惠的免税礼物。空气中弥漫着咖啡和上千种香水的气味。巨型屏幕上反复播放着同一个短片：一个年轻女人穿过雪地，旁边还有一些小动物。不过，小动物不像那个穿着红色大衣的年轻女人一般真实，都是些卡通造型，长着夸张的大耳朵和毛绒球一样的尾巴，还露出两颗犬齿，显得无比可爱。应该是个广告吧，因为这里的一切都是广告，但女孩猜不出这究竟是什么的广告。这地方就像无主之地，身在其中就会迷失自己。

女孩打量着抵达站列表——那些地方她从未去过：帕尔马[①]、雷乌斯[②]、恩菲达[③]，这些地名后面都标注着“延误，等候通知”。

“马上要出现反常天气。”一个中年男人对他的妻子说。两人都穿着白色起皱的亚麻西装，头戴草帽，说话声音很大。玛格达发现，有些英国人就是会在公共场所旁若无人地大声说话，“没一架飞机起飞，也没一架飞机落地，我们可能要等好几个小时，真是他妈的快乐圣诞。”

有人猜测发生了恐怖袭击，还有人说不会的，只是电脑系统和航空管制的问题。

“是什么问题都无所谓，反正我们哪儿也去不了。”穿亚麻西装的男人说着狠狠摘下头上的草帽，仿佛在宣

---

① 位于西班牙，欧洲人的度假胜地。

② 西班牙的一个市镇。

③ 位于非洲突尼斯。

告假期终结。

“小玛，你还好吧？”年长的女人问。

“还好吧。”玛格达回答。

“可你看起来不太好。”

“真的还好。”

过了一会儿，玛格达听见一些人在谈论大雪，另一些人在谈论洪水暴发，可他们依旧待在这里，所有人都停留在出发大厅。而且，现在人更多了，机场却并不大。

“要点什么吗？”年长的女人问道。她们只使用简单的英语词汇交谈，因为年长的女人不懂拉脱维亚语，玛格达也不懂罗马尼亚语。

玛格达摇摇头。“有事情要发生了。”

“什么？”

“我不知道。”

她又回忆起那头鹿，以及它全身蓄势待发的肌肉。

并非所有乘客都是人类。离出发大厅一箭之遥的地方有座白房子，那就是动物寄存站。所有宠物都被保管在那里，直到主人前去领取。工作人员会在运输途中照顾那些动物，以防走私。他们还会对动物进行 X 光扫描，检查它们体内是否藏有毒品或爆炸物。

这天早晨，那里散发出一股充满活力的农场气息，混合着更为熟悉的清洁剂气味。只要一过安检就能闻到那股味道，肥料和漂白剂。派克夫人想着。她是这里的副主管，今天负责圣诞节的第一轮排班。她对一个值班的女孩说（她从来都分不清这些女孩，好不容易分清了，她们又把头发染成蓝色、紫色或粉红色，于是派克夫人又分不清了）："我闻到了肥料味儿，绝对没错。"海斯特。女孩叫这个名字，或者说，她脖子上挂的塑料名牌上印着这个名字。

"哦，那应该是驴的气味。"海斯特回答道。她留着一头绿色的头发。

"驴？"派克夫人问。

"昨天晚上送来一头驴，"海斯特说，"没有办手续。"

"一头驴？"

海斯特对着手机"嗯哼"了一声，连眼皮都没抬一下。真是太讨人厌了。

"为什么谁也没告诉我这儿有一头驴？"

"我猜他们觉得你会发现吧。还有一只山羊、四只猎豹。"

派克夫人慌忙抓住桌子边缘。“山羊？猎豹？我们只接收猫猫狗狗。”

“还有鱼。”海斯特补充道。她就像长了一头草。

“还有鱼。”派克夫人承认。她抓过手提包，翻出戒烟糖。

“猎豹没植入芯片，我们要一直保管到他们找到方便的替代方案为止。谁也不知道要怎么处置山羊，简直是个噩梦。”

圣诞节早晨，一道奇怪的锋面显然正朝着机场方向移动。空中交通管制的电脑坏了，汽车在高速公路上堵了整整两英里。所有人都无法动弹，派克夫人甚至不得不扔下她的大众汽车，走路过来。她家还有一只等着被填满的火鸡，以及供给素食者的替代食物。她的三个女儿将在下午六点到达，随行的还有两个女婿和六个外孙。派克夫人现在最不需要的就是一个顶着满头青草的女孩告诉她这里有四只未安装芯片的猎豹、一只来历不明的山羊，还有一头驴。

“还有一只乌龟，”海斯特说，“有个人企图把它塞到内裤里偷运进去。”

“我只需要躺一会儿。”玛格达说。她的朋友露出了她从未见过的恐惧神情。

“不是要出来了吧？”

“胡，我不这么认为。”

玛格达没有感受到疼痛，应该说不算太痛，可她能感觉到体内的胎儿。此时此刻，她的肚子似乎无法容纳它。那个小人儿就像偷渡者一样蜷缩在她的肚皮里，四处戳弄，毫不安分，时时刻刻都在长大。“我没事。”她这么说是因为年长的女人正猫着身子，伸出又大又粗的胳膊，仿佛要接住一只橄榄球。

“小玛，我去找人让个空出来，”她说，“好让你躺下来。”

“胡，别操心了。”女孩并不想过分引起注意。更何况，这里每个人看上去都气愤不已、狼狈不堪，问也没有用。她只想独自待着，只有她和肚子里的孩子。她甚至不需要胡安娜，至少现在不需要。

“我还是去问问吧。”胡安娜说。随后，玛格达没有再听见她的声音。她突然有种被撕裂的痛苦，不得不深吸一口气，让气息沉到疼痛的中心，以免身体被撕开。她发现胡安娜已经走了，紧接着又是一阵剧痛，于是她彻底遗忘了胡安娜。她遗忘了一切，小小的身体包裹着巨大的冲击。等到这一切结束，胡也回来了。

“你说对了，”胡安娜说，“没人愿意让出座位。我们得找个别的地方。”恐惧使她的声音比往常更微小、稚嫩，这让玛格达很想拥抱她，就像在家里那样，胡安娜枕着她的膝盖，她轻抚胡的粉红色短发，用指尖感受发丝的柔软。可是这里周围都是人，众目睽睽之下她不能这么做。

胎儿安静下来了，但过不了一会儿，它又会开始蠕动。片刻的宁静显得无比珍贵，因为它已经结束了。“我只需要找个安静的地方就好。”玛格达说。她觉得自己听到了合唱的歌声，但是怎么可能呢？一定是她的幻觉。

除了歌唱，她了无一物。“齐来崇拜。”[①] 如果你是斯特劳德女子合唱团的成员，除了唱赞美诗还能做什么呢？尤其是穿着刺绣蓝色运动服，所有人都能看出你是斯特劳德女子合唱团的一员，而你此刻又被困在机场，无处挪腾。

---

① 约翰·弗朗西斯·韦德创作的圣诞诗歌。

“来吧，姑娘们，”雪莱插嘴道，“头抬高。”

“老师，温斯顿呢？”

“他怎么了？”雪莱说。温斯顿是她十六岁的儿子，此时正坐在自己的旅行包上，双手掩着脸，任由蓝色运动服像头巾一样裹在脑袋上。他头痛。

“温斯顿也需要把头抬高吗？”

“当然，”雪莱说，“温斯顿？”

温斯顿摇摇晃晃地站起来，抬高了头。女孩们都比他小一岁，可他还不到她们的肩膀。雪莱抬手示意大家安静。

她担心得睡不着觉，脑子里仿佛有把铁锤在不断敲击。上次她带合唱团出行时，按照规矩应该九点半熄灯。然而，她几乎每天晚上都要把十五名合唱团成员关在旅馆四楼。她让温斯顿代劳一会儿，自己好去吃点东西，回来却发现他被捆在一张椅子上，十五个成员全跑去酒吧猛灌伏特加和菠萝汁了。旅行结束后，合唱团收到了马桶破损、洗手池堵塞、冲茶器损坏和十五套服务生制服丢失的赔偿账单。那次，她发誓再也不带斯特劳德女子合唱团到任何地方去了，包括去附近的购物中心参加午餐歌唱活动。结果她们去了，还通过了本地和全国的年度女子合唱团大赛预选。很难想象，她们竟被邀请圣诞节后在日内瓦湖畔参加欧洲区决赛，可这是真的。所有入围者将在节礼日举行一场盛大的表演，拉开比赛的序幕。

胡安娜问了每一个人，答案全都一样。不，他们不会让出座位。“可我的妻子——”她用磕磕绊绊的英语说，“她怀孕了。”然而，这只能让情况变得更糟，因为当人们听到那句话后，连看都不愿看她了。

“你们该回家去。”有人对她说。可她不明白那是叫她们回公寓还是回东欧。

离预产期还有六周，这种时候玛格达不应该坐飞机，可她们的票是最后一刻抢到的廉价票，所以两人并没有提及怀孕之事。胡安娜要去签署一份文件，好把她母亲在布加勒斯特的房子卖掉。她飞快地走过一排排商店。她很难集中精神，因为这里人太多了，而她有太多东西要买。她想知道玛格达究竟怎么了，这种情况正不正常，可她不知该问谁。她甚至不知道自己能否正确发问。“看路！”有人冲她吼了一句。她看向左边，发现是圣诞老人。

应该说，是六个圣诞老人。他们正坐在免税店门口喝罐装可乐。

“你看到小孩儿没？”另一个圣诞老人问道。

“小孩儿？”胡安娜反问。

“我们在找小孩儿，因为我们要负责娱乐。机场官方对我们委以重任，直到一切恢复正常。”

其中一个圣诞老人的白胡子没了，或者一开始他就没打算戴上。他的皮肤黝黑光滑，看起来顶多十八岁。

胡安娜指向刚才经过的座位：“那边有很多小孩儿。”

圣诞老人们朝她竖起了拇指，随后大摇大摆地离开，边走边摇晃雪橇铃，高声喊着“嚯，嚯，嚯”。他们发出的动静更像是一群饥渴的球迷，而不是携带礼物和祝福而来的圣诞老人。胡安娜想到了玛格达腹中胎儿的父亲。这是个令人痛苦的事情，每次想起来她都芒刺在背。

还是直面这件事吧，他可能是任何人。玛格达跟胡安娜相遇时就已经怀孕了，现在，孩子父亲可能在任何地方，甚至有可能就在机场。“不记得了是什么意思？”她曾不断追问玛格达，有时那个问题就像是自己冒了出来一样。玛格达只记得她参加了一个派对，拿到了一杯饮料，仅此而已。醒来时，她发现自己在一座花园里，她甚至不知道是谁的花园。那时，她半裸着，一只眼睛还被打肿了。

一时间，嫉妒占据了胡安娜的心，她感到自己遭到了背叛。可是她明白，这种感觉是不对的——玛格达参加那场派对时两人还不认识。可一想到一个人，一个男人给玛格达倒了饮料，带她走到门外，亲吻她的唇……（“玛格达，你肯定还记得什么！”“不记得，我真的不记得。”）哪怕玛格达表现出一点怒火也好，可她从来没有。“你不需要留着这个孩子。”胡安娜说，现在已经不是六十年代了，她的遭遇等同于强奸。“而且你也知道，”她怒吼着，回想起自己认识的其他孩子。他们时刻忍饥挨饿，还有几个总是遭到毒打，“你不该留着不想要的孩子。”

玛格达用浅灰色的眼睛看着她说：“可我想要她，胡，我想跟你一起抚养这个孩子。”胡安娜向玛格达求婚了。那时她已经意识到，自己永远不会爱上别人。

胡安娜感到一阵恶心，随后发现只是饿了。她该给玛格达买点水和食物，可能这就是问题所在。她们从昨晚开始就没吃过东西。胡安娜本以为这会儿她们该坐在飞机上了。于是，她掉头走向免税店。

“不，”店员对她说，“你不能只买一块巧克力，必须买整个圣诞大礼包。”大礼包有胡安娜的手臂那么粗、那么长。胡安娜买了瓶装水和巧克力大礼包。实在太贵了，足够她们一周的伙食费。

“你要布娃娃吗？”店员问。她穿成了带光环的天使造型，还得了重感冒，所有鼻音都发不出来。

“什么布娃娃？”

“企鹅都卖完了，”店员说，“我们只剩下小羊羔。现在做特价，买巧克力可以送小羊羔。”

“那我不要小羊羔，巧克力可以便宜点吗？”

店员顿时黑了脸，仿佛胡安娜刚刚得罪了她，比如用胡安娜的母语说话。她身后那个穿着崭新雪地服的女人不耐烦地哼了一声。等胡安娜付完钱才发现，她离开玛格达已经半个小时了。她为何要浪费时间跟圣诞老人说话，打量免税商品？都怪这个地方，它让所有东西都失去了内涵。她现在只想跟玛格达待在一起。她对玛格达的关心实在太过强烈，一心只想照顾她，满足她的需要，给她爱，这种感觉几近疯狂。

胡安娜拿着水和巧克力，腋下夹着布娃娃，穿过人群，挤回玛格达身边。她经过一群身穿蓝色运动服、正在唱圣诞颂歌的女孩子，旁边还有一个裹着脑袋，似乎有点被吓到的小个子少年。一群人聚在旁边看他们唱歌，人群中有一个圣诞老人，还有几个打扮成天使的店员。

"哇，真可爱。"几个唱歌的女孩看见胡安娜，喊了一声。

胡安娜猜她们指的是小羊羔。

"我们得请求援助。"派克夫人同时嚼着两块戒烟糖，一边腮帮一个。她又忘了绿头发女孩叫什么，眯着眼睛看了一眼她的名牌。

"海斯特。"女孩说。

"海斯特，你去给地区广播站打电话，让他们问问有谁愿意在圣诞节领养宠物。"

"还有一个问题，"海斯特拧着头发说，"那头驴。"

"驴怎么了？"

"我们得把它弄走，因为它一直想去踹猎豹的笼子，快把猎豹惹恼了。"

"那我们把驴放到哪里？"

"要不，带出去散散步？"海斯特说，"反正也没飞机起飞，那里太臭了。"

"你想牵着驴在机场上溜达？"

海斯特耸耸肩，仿佛想说她还经历过更糟的情况。"正式通知应该快出来了，"她说完又补充了一句，"关于眼下的情况。”

“你说整个世界的情况，”派克夫人问，“还是我脑子里的情况？”

正式通知已经发布，但是没多少信息，也没怎么传开。因为能听到通知的地方只有免税店内和出发大厅后方的女厕所。一个女人亲自过来通知，不过她听起来就像被晾衣夹子夹住了鼻头，嘴里还塞了块木板。

“牛于突花藏况——”

然后她开始咳嗽。

“她说啥？”金女士问道。

免税店里，她周围的客人都在重复：“什么？什么？什么？”

她的两个女儿耸了耸肩。这两个女儿分别是四十二岁和四十三岁，都是刚刚恢复独身，也都比青春期的少女还难对付。如果是少女，你至少知道她们的青春痘、荷尔蒙和臭脾气都不会永远持续下去，可她们却在四十多岁的年纪里犯起了这些毛病，又早已不像少女那般青春靓丽。金女士怎么会觉得跟这两个女儿一起出门旅行是个好主意？她本来打算逃离一切，逃离生活的压力、圣诞节的喧嚣。自从一年前丈夫去世，金女士就觉得再简单的事情都变得无比艰难。每天她都不可避免地感受着他的缺席，每变换一个季节她都会喃喃自语：“去年这时候是他的生日……去年这时候是我们的结婚纪念日……去年这会儿我们去度假了。”每个星期，她都感觉自己离丈夫远了一些，也更孤单了一些。几个月前，她的两个老朋友也去世了。有时她觉得自己站在一片空地上，周围的人越来越少。于是她打电话给克里斯蒂娜和特蕾西：“今年我想去国外过圣诞节。”她告诉女儿们，自己一直很喜欢北极光。而事实上她准备紧闭家门，关掉所有照明，断断续续地睡到一月。令人难以置信的是，两个女儿竟然给彼此打了电话，发现她们也很喜欢北极光——真正的北极光，并非人造的那种。不仅如此，她们还有时间加入金女士的旅程。现在，她不得不连女儿们的机票钱都付了。

“我们回家吧，”金女士说，“及时止损。”

克里斯蒂娜将目光从书上挪开（她正在看一本复杂的占星学指南），表情极为阴冷。而特蕾西（刚给自己买了一整套全新的滑雪衫，随时有可能热晕）则咕哝了几句她听不清的话。金女士想问特蕾西她说了什么，但最终没有问。因为她被别的事情分散了注意力。十五位活力少女冲进了免税店，后面跟着一个满脸疲惫的女人和一个裹着脑袋的男孩。

“小羊羔！”女孩们纷纷喊道，“啊！快看这些毛茸茸的小羊羔！老师！老师！我能买一个吗，老师？”

胡安娜把候机区找了一圈，却没看到玛格达。眼前有太多东西了，她很难一直记着自己正在寻找一个穿着灰色帽衫的不起眼的年轻女人。圣诞老人们找到了一群孩子，正在表演杂耍。有人搭了一个临时帐篷，供应热饮和（冷掉的）烤三明治早餐。遍地都是席地而卧的人，胡安娜寸步难行。她尝试回忆刚才玛格达坐在什么地方，尝试寻找那对穿着亚麻西装的夫妇，可她看不到任何有印象的东西。她拨了玛格达的手机号码，无人应答。

她不知道该跑起来，还是慢慢走。她也不知道要去哪里找。此刻她茫然无措。找了女厕所，找了咖啡馆，寻遍了一排排座位，可她就是找不到玛格达。

一个男孩开始哭闹：“我要巴斯光年套装！现在就要！”

胡安娜听到了男孩父母的责骂，他们告诉他必须等到圣诞节那天才能得到，随后她又听见男孩哭着说现在就是圣诞节，还有他父母令人困惑的回答：没错，现在就是圣诞节，可真正的圣诞节要等开始度假才算。“为什么？为什么？”男孩哭着问。“不为什么，没有为什么。”父母回答。男孩的抽泣直击胡安娜的心灵，仿佛她的一部分也在跟着哭泣。随后，她突然意识到一个事实，顿时一阵头晕目眩。我马上就要当母亲了，我马上就要跟另一个人共同养育孩子了。那孩子将希望得到不可能的东西，那孩子的需求会时常令我迷惑不已，那孩子还会逼我说出自己都无法理解的话。我得找到我的伴侣。我得找到玛格达。

“我不需要香水。”金女士说。

“免税的，”克里斯蒂娜说，“比店里卖得便宜。可以当作你的圣诞礼物。”

“别给我买礼物。”金女士说，“我们说好了，不送礼物。要是你买礼物给我，那我也得买给你了。”

“你没给我们买圣诞礼物？”特蕾西一声惊呼，像个雪白的米其林人偶一样倒退了几步。

金女士轮番盯着两个女儿，她们看起来一点也不宽容。“可我们说好了今年不买礼物。”她低声道。

“我们可没说什么都不买，”克里斯蒂娜说，“你是母亲，就应该送我们礼物。”

“可你们都长大了。”金女士嘴上这么说，心里已经没了底气。

“太典型了。”特蕾西怒火中烧，眼中却噙着泪水。她假装在擤鼻涕。

“什么太典型了，特蕾西？”

“自从爸爸去世，你就只想着自己。”

现在换成金女士想倒退几步了，可她没有动弹。她发现女儿们变了。曾经，她们会跟母亲分享一切。特蕾西会问她平时如何应付学校里的问题，而克里斯蒂娜几乎每天都会打电话来，不为什么事，只想知道她的母亲过得还好，还在听她讲话。金女士以前总能听到朋友们抱怨自己的孩子，说她们之间的关系变得如何困难，而她每次都感到沾沾自喜。就连青春期的时候，两个女儿善变的情绪也没持续多久。可是自从她们的父亲去世，她们就变得更拘谨、更疏远了。或者说，更怨毒了。她们仿佛把失去父亲怪罪到了母亲头上，仿佛认为她本应付出更多努力，而且完全有能力拯救他。

"要不这样吧？"她说，"我们各自给自己选一个礼物。"

十五分钟后，她们拿着香水、金色包装的巧克力和抗老化面霜的礼盒走了出来。

"现在高兴了吧？"克里斯蒂娜问道。连她嘴里的"高兴"一词，都好像被践踏过一遍。

玛格达得扶着洗手池才能维持直立。她一动不动，屏住呼吸，希望疼痛不再出现。

"你不能待在这里。"一个穿着白大褂的女人对她说。那人手上拿着拖把，还戴着光环和一对巨大的翅膀，令人困惑不已，"洗手间已经正式关闭，要开始做清洁了。"

"我能躺一会儿吗？"玛格达问，"我不太舒服。"

"你在开玩笑吧，"天使对她说，"没看到地板脏成什么样子了？要是你病了，就去医疗中心求助。"

"医疗中心在哪里？"

"这你要到咨询台去问。"

可是咨询台前排着长队，而且异常嘈杂。很多旅客在朝台里的两名工作人员（也穿成了天使模样，一脸要哭的表情）大吼，玛格达感到一阵眩晕。她耐心地排队等待，可是越来越多的人走了过来，把队伍排成了扇形，每个人都在大声质问天使。玛格达找到了一块平面图，发现医疗中心就在出发大厅的另一端。

疼痛越来越密集，她感到整个胃部缩成一团，变得像石头一样硬。她只好尽可能放慢脚步，几乎是在痛苦中挣扎，仿佛疼痛就潜藏在脚下的地板中，一不小心踏错就会暴发。医疗中心大门紧锁，门上挂着一块牌子：

节日快乐！

随后，她想到了胡安娜——她只想要胡安娜。接着她意识到，自己把包给丢了。她得回到刚才坐着等待的地方，可玛格达不记得是哪里了，因为周围看起来都一样。她的呼吸又急又浅，走得非常慢，因为她再也坚持不住，马上就要跌倒了。她从未有过如此孤立无援的感觉。人们从她身边挤过去，丝毫没有发现她的不适。有人甚至用背包挤了她的肚子。

一只手臂突然冒出来，把她拽了过去。玛格达已经准备好反击，然后才发现是胡安娜。

“你看起来一团糟。怎么回事？”

“不知道，”她闷哼道，“我不知道。”

“要看医生吗？”

“这里没有医生。”

“我得把你跟这群人隔开。”

但为时已晚。水——一股潮水汹涌袭来。玛格达没想到竟然会有这么多。她动弹不得，甚至无力回到厕所。她感到一股压力在体内膨胀起来，随后是“扑哧”一声。她双腿湿透，仿佛有人朝她浇了一桶温水。

“我的老天。”胡安娜发现玛格达的运动裤湿了。

玛格达又闷哼一声。“要来了。”

“现在？在这儿？可不能——”

玛格达猛地仰起头，一波新的宫缩撼动了她的全身。她双眼紧闭，大汗淋漓，面无血色。她死死攥住胡安娜的手臂，仿佛害怕自己被疼痛冲走。

“我这就叫救护车。”胡安娜大喊一声，随后想起了机场周围停滞的交通。救护车要怎么开过来？

“太晚了，”玛格达又哼了一声，“不。”那声“不”变得犹如低沉的哞叫，玛格达不断变换着重心，试图控制疼痛。胡安娜顿时忘掉了救护车。周围的人开始往这边看，“我走不动了，胡，我得在这里生下我们的孩子。你去找个推车，把我带到安静的地方。”

“我不能离开你，我抱你走吧。”胡安娜想抱住玛格达，可玛格达剧烈颤抖着，仿佛胡安娜的触碰是挤压腹部的一把铁钳。又有好几个人转过头来。

玛格达咬牙挤出一句话："不会有事的，我会等你。我保证一动都不动。"

"你确定？"

"确定。不走路我就没事。快去找个推车吧。"

出发大厅没有一个看似工作人员的人，甚至没有推车的人。这里的工作人员可能都忙着处理突如其来的异常情况了，也有可能是都躲起来了——害怕一走出来就得解释眼前的情况，随后被排山倒海的问题和投诉淹没。目之所及，能看见的工作人员就是咨询台旁那两个打扮成圣诞节天使的人，他们仿佛在说：*不，不，别找我们，我们只是一场笑话！*那六个圣诞老人已经跑到女子合唱团周围跳起了迪斯科，她们正在表演圣诞串烧。

胡安娜问了免税商店的女孩，问了打扫厕所的天使，问了周围的几家人，那些貌似母亲的女人应该能理解，可没人能给她一台推车，好让她把玛格达送到安静一点的地方去。

她在大厅另一头发现了一个小屋子。在所有人反应过来之前，胡安娜就撞进了一扇明确写着"禁止入内"

的大门，发现自己来到了户外。大门在她身后轰然关闭。

“有个小女孩打电话来，说了山羊的事情。”

“说了啥？”派克夫人问了一句。她正在思考该把驴安置到什么地方。她已经牵着它在大厅外围转了一圈，然而当她准备把驴赶回笼子时，它却开始龇牙咧嘴。显然它惊扰到了那四只猎豹，因为猎豹们正在笼子里不停打转，发出阵阵低吼。

“山羊。”

“哦，它啊。”派克夫人说。

“小女孩说要收养它，而不是乌龟。她母亲有辆货车。还有，前台来了个女人，找我们要担架，说她妻子要生了。”

派克夫人大笑一声，几欲癫狂。

特蕾西·金与克里斯蒂娜·金在谈论周围的旅客，打发时间。小时候她们经常玩这个游戏。她们会问：你觉得那家人要去哪儿？随后，她们又会转向下一个故事。“我学校有个学生，”特蕾西说，“他想当女孩儿……”

“什么？”金女士问了一句，顺便把排队买来的三明治和免费瓶装水递给两个女儿。

特蕾西看见母亲过来，一下就沉默了。“没什么。”她说。克里斯蒂娜则撕开了三明治包装袋，她长长的指甲涂成了浅蓝色。

金女士有时会觉得自己在寻找，只是不知在寻找什么。可能是某种可以让她和女儿之间的关系恢复如初的东西。她很想知道自己能否找到它，以及这场寻觅是否永远伴随着现在这般疼痛。虽然不算剧痛，可始终存在，就像伴随年龄增长出现的关节痛。她寻找的应该是一个奇迹，北极光已经不重要了。

“那里出了什么事？”特蕾西指着出发大厅另一头说。

胡安娜搂着玛格达，带她缓缓穿过人群。“让我帮忙吧，”她低语道，“我知道这并不是我们的计划。”

玛格达抓着胡安娜的手，可她已经说不出话了，只能发出动物一般的号叫。她想说这不算痛，不像是那种来自外界的疼痛，可就在这时孩子踹了她一脚，很用力，仿佛想拳打脚踢地从她肚子里冲出来。于是她停下脚步，耷拉着肩膀，面容扭曲，双手紧握成拳。

“不远了，不远了。”胡安娜安抚道。她擦掉玛格达额际黏腻的汗水，然后亲吻着她的手。

玛格达闭上眼睛，任凭疼痛肆虐。等她再次睁开眼，她发现面前有个绿色头发的女孩儿，还有一个年长一些的女人，正在神经质地咀嚼。

“别害怕。”胡安娜说。

随后，那些声音突然变远，成了白噪声，仿佛是窗外的响动。玛格达感到一双手牢牢架在她的腋下，另外的手则托住了她的腿。她的双脚离开地面，脸触碰到柔软而温暖的东西，闻起来就像牛粪和干草。

她开始向前移动，感觉就像在荡秋千。

“老师！”斯特劳德女子合唱团的一名成员抱着小羊羔玩偶插嘴道，“那边有个女人牵着驴。”

“别说傻话。”雪莱说。

是海斯特提议拿毯子过来的。

“我们要毯子干什么？”派克夫人问。

“因为会流血，”海斯特说，“你拽着驴，我去拿毯子。”

派克夫人生过三次孩子，也见证过两个孙辈的诞生，可她从未遇到这么风风火火的场面。上一刻，那女孩儿还躺在驴背上，被派克夫人牵着往动物寄存站走，下一刻她就开始大喊大叫：“来了！开始了！”旁边的女人把她从驴背上拽下来，她手脚并用地爬向出发大厅背面的女厕所，一路不停地呻吟，喘着粗气。有人大喊“快叫医生来，快叫救护车”，可女孩儿一味摇头——“太晚了。”派克夫人跟了上去，马上听见一声驴叫，她这才记起自己还牵着驴。一个拿拖把的天使说：“你不能进来，这里正在做清洁。”派克夫人说：“你开什么玩笑？过不了多久你这拖把就该不够用了。”她硬是把门推开，怀孕的女孩儿爬向水槽。

女孩儿尖声呼叫着另一个女人，那女人看着就像涂了油彩、长着粉红色毛发的海豚。女孩儿紧紧抓住了她的手。一个好心人给女孩儿盖了件大衣，派克女士把牵驴的绳子塞到天使手上，自己则上前帮女孩儿脱起了衣服。

海斯特抱着一捧毯子回来了，还带了毛巾、剪刀、棉球、一瓶消毒剂和一个小纸箱。“我不能丢下乌龟。”她说。派克女士并没有问她“为什么？为什么你不能丢下乌龟”，而是点点头，接受了一个事实：圣诞节当天在机场生孩子，旁边还有个绿头发女孩儿一心拯救小型非法爬行动物，并把它放在纸箱里拖着到处走，这是多么正常的画面。女人接过毯子，裹住怀孕的女孩儿，女孩儿痛苦地扭动着，向外用力。她的双腿颤抖得很厉害，不停拍打着地板。她尖瘦而苍白的脸上布满了汗水。

“谁把门关一下好吗？”派克女士喊道，“让这女孩儿有点隐私。”门口人群已经开始聚集。

天使说她牵着驴没法关门。

“好了，好了，”海斯特抓着怀孕女孩儿的另一只手，“我给我姐打了电话。她是个护士，会告诉我怎么帮你。我们要给你接生，好吗？”

“好。”玛格达呻吟道。

“好。”胡安娜也呻吟道。

“我姐说得看看下面，可以吗？”她把头伸进大衣里，惊叫道，“哦，老天，我看见了一颗头！所有人去洗手，快！亲爱的，保持呼吸。我姐说你要保持呼吸！”

玛格达听到胡安娜让她保持呼吸。身体正在被撕开，可她必须呼吸。

“你能听见我说话吗？”一团绿毛问她。

玛格达点点头。

“我姐说你要集中在一件事情上，”绿毛说，“好吗？

能做到吗？因为我很快就要请你使劲用力。别忘了，大大的深呼吸。好孩子！”

“保持呼吸！”派克女士和天使齐声喊道。

“呼！”胡安娜用力吐了一口气，仿佛她也准备好用力了。

玛格达睁开双眼，看见周围有一圈模糊的女人的脸。可是在远处，有个东西吸引了她的注意。那是一抹红色——有位年轻女人站在雪地里的那个广告。玛格达开始想象那个女孩站在冰天雪地里，就像她曾经见到的那只鹿一样——孤身一人，不知道接下来会发生什么。疼痛起起伏伏，红色大衣时而聚焦，时而模糊，仿佛疼痛和红大衣这两个毫无关联的东西同调了。她听见穿红大衣的年轻女人叫着自己的名字：**玛格达！玛格达！你能行的，玛格达！**她还听见了别的声音。女孩儿的声音，笑声，还有圣诞歌声。她再也分不清红衣女孩和周围的人，或许那都是来自遥远过去的东西，另一个时空中的灵魂。穿红大衣的年轻女人走进玛格达的幻想中，玛格达跟她穿过雪地。一个东西穿过玛格达的身体，从双腿之间挤了出来。玛格达听见女孩儿身后传来朋友们的呼唤，看见了手电筒的光芒，闻到了大雪的冰冷，感受到积雪让整个世界静止下来的力量。

“用力！”绿毛大喊一声。**用力！**红衣女孩儿对她喊。“用力！”许多声音齐声喊道。

“出来了！出来了！”有人尖叫。

“我们的孩子。”胡安娜哭了起来。

“哦，我的天，”绿毛抽泣道，“是个女孩儿！”

“牛于突花藏况——”广播喇叭响了起来，很快又没了声音。

小孩儿？在出发大厅生孩子？是的，人们在议论。一个婴儿。在哪儿呢？在哪儿？

十五位合唱团少女抱着免税商店的小羊羔飞快地从金女士和她的两个女儿身边跑过。她们后面跟着金女士刚才看到的那个满脸疲惫的女人和裹着脑袋的男孩儿。那两个人身后又跟着一队天使打扮的机场工作人员和六个圣诞老人。

“新生儿在哪里？”金女士喊了一声。

“哈利路亚，”女孩儿们唱道，“追随星辰……”

天空昏暗。今天也像往常一样，阴沉得没有色彩。但今天没有异常天气，没有暴风雪。有的只是大地与苍穹之间的一团乌云，平淡而静止。一阵东风吹起，抽打得云层激荡飘散，最后，云层中间开了个大洞，阳光毫无征兆地倾洒下来，形成巨大的金色光柱，就像有人点亮了奇大无比的灯泡。顷刻之间，机场里的一切都被照亮了，万事万物笼罩在闪耀的阳光中。阳光照进敞开的厕所大门，一切都熠熠生辉。

厕所里是玛格达和她的孩子，还有胡安娜。雪莱·温斯顿跟怀抱小羊羔的斯特劳德女子合唱团站在一起。派克夫人牵着驴，海斯特抱着乌龟。金女士和两个女儿提着免税商店的购物袋，身后跟着六个圣诞老人，还有一身天使装扮的店员，以及几个从安检处赶过来的女人、一队闻讯前来的空乘。这些人周围的空气里，弥漫着闪闪发光的灰尘。

“等等我！”一个小男孩高喊着跑了过来。他穿着一套貌似超级英雄的制服。

“那是谁？”派克夫人问。

“哦，他是巴斯光年。”海斯特拾起地上的毛巾。整整一个早上，两个女人似乎头一次停了下来，认真看着彼此。

“圣诞快乐，海斯特。”派克夫人说。

天空投下一道道橙色、金色和火红色的光芒。随后，正如光芒突现时那样，一团低矮的雨层云移动过来，将一切再次笼罩在灰暗中。

大喇叭已经在通知人们，技术问题得到解决，所有航班将会恢复，请到柜台办理登机手续。拿着写字板和对讲机的男人纷纷出现，还有一名医生、几名警察和一队移民局的人。

金女士伸出双手，抱住两个女儿。在这种时候，人们会本能地理解何谓存在。无论一场新生发生在何处，她想，无论是马厩，还是机场，或者是更常规的场合——比如医院产房，每一次诞生都是一个奇迹。世上还有许许多多奇迹，出现在每个人的生活中——小孩子头一次迈出步子而且没有跌倒，或者父母意识到自己的孩子已经能够自己站立，便放开双手。

“孩子们，”金女士喃喃道，“要不……？”

话已足够。一家人把她们的礼物放在了母亲和新生儿的脚下。

你随时可以嫁给我

The Boxing Day Ball

原野太泥泞，难以步行穿越，而姑娘们又没有车。她们只能沿着大路走，这得多花将近一个小时。原野在月光下反射着冰蓝的光芒，仿佛其他色彩都被冻没了。她们有时能看到远处闪过一道光，但多数时候只有黑暗和寒冷做伴。

她们一行有十个姑娘，其中两个是双胞胎。姑娘们或独自一人，或两人结伴向前走着，有几个人手上提着石蜡灯。帕蒂·德里斯克尔有个手电筒。不时有人扯开嗓子唱上两句，活跃气氛，唱的都是圣诞节歌曲排行榜第一名的歌曲。“无人查收！”其他人会加入合唱，呼出一团团白色的哈气。姑娘们都提着舞鞋，抓紧了大衣领子。

莫琳穿着红色短大衣走在队伍后方，在孤独和寒冷中，手指和脚尖都冻僵了。但这不是令人悲伤的孤独，因为空气中有某种东西，她能感觉到。

“咱还没到吗？”帕蒂·德里斯克尔问。

“没呢！”埃斯特·休斯吼了一声。她跟帕蒂一样，说话时总会漏掉爆破音。莫琳从小在村子里长大，可她就是无法掌握这种口音。无论她怎么努力，说起话来还是像个外地人。

“平——安夜。”姑娘们齐声高唱。接着有人吼了一句“真——够冷”，所有人便跟着唱成那样了。

今晚的确很冷，因为一九六二年的冬天是所有人印象中最冷的冬天了。在灿烂的银色月晕之下，云朵化作一道道纤细的缎带，漫天星辰犹如硕大的弹孔。绵羊站在原野上睡觉，就像一块块苍白的石头；鸟儿们停在黑色的枝头。所有东西都松散地静止着、等待着，仿佛屏住了呼吸一般。莫琳想象着冻僵的老鼠紧紧地蜷缩在地洞里。地底下有耗子、田鼠、鼩鼱、爬虫、蜘蛛、野兔和獾，甚至还有狐狸。它们就在脚下，躲藏在她看不见的地方。全都一动不动，等待时机。

帕蒂·德里斯克尔大声吼叫，说她快要走得累死了，莫琳笑了，但没有张扬，因为就算她在这里像个外地人，也知道不能笑话帕蒂·德里斯克尔。这天晚上，她心中洋溢着对所有人的深爱，甚至包括帕蒂。工厂的姑娘们每天早晨都会看着她去上学。她们从来不允许她加入，从小就不，但她认识其中几个人——比如双胞胎，还有埃斯特。因为双胞胎到哪儿都牵着手，埃斯特则一副苍白瘦长的模样，就像从未吃饱过，让人过目难忘。还有帕蒂·德里斯克尔，又一个让人绝对忘不掉的人，因为她总是一副饱经风霜的样子。莫琳每天早晨经过车站，都能察觉到她们上下打量的目光，忍不住在大衣里缩起身子。然后，一天早上，她们喊了一声："喂，你！"她们问莫琳要不要节礼日舞会的票，莫琳以为她们在开玩笑，以为这些姑娘会嘲笑她。

"每个人都去，"双胞胎其中一人说，"这是一年中最棒的日子。"

"不了，"她对她们说，"不，谢谢。"可是这主意已经深深植入她的脑子里，一直挥之不去。她父母肯定不会答应。"我不赞成，"她母亲会说，"我不赞成。"可是一个星期后，那些姑娘再次向她发出邀请，她忍不住说了好。是的，她想要一张票。她还没来得及阻止自己，那些话就脱口而出了。

"那就说好了，"姑娘们说，"我们一块儿去，莫琳。"

原来她们知道她的名字，她们并没有把她当成笑话。

她把票藏在大衣口袋里。她不会去的，因为像莫琳这样的姑娘从来不参加节礼日舞会。

可是，那种感觉又来了——令人兴奋的悸动，仿佛一些事情即将发生改变。这可能要归功于埃斯特·休斯最开始分给她喝的那一小口金酒。莫琳从未喝过金酒，直到现在她还能感觉到嗓子眼在冒烟，像被火燎了一样。紧接着，一阵突如其来的风像色老头儿一样吹起了姑娘们的大衣，所有人都尖叫起来。“啊！快起开！”

“等我们走到那儿，我头发该成鸟窝了。”帕蒂·德里斯克尔说。这回她可以放心笑了，因为帕蒂把手电筒摆在下巴上，用力噘起嘴唇，手电筒的光在她左眼底下打出一道阴影，像朵紫色的花。她说得没错，她的头发已经彻底挣脱发夹，变成一团红铜色的鬈毛。几个姑娘用胶带把发卷粘了起来，埃斯特·休斯则把卷发夹一直卡在头上，用围巾裹了起来。她打算把卷发夹留到最后一刻。她在手包里放了一瓶雅蝶发胶，还有一瓶黑玫瑰香水。她说那是圣诞节得到的礼物。

“你肯定不想知道我圣诞节得到了什么。”帕蒂·德里斯克尔说。

莫琳收到了一本关于礼仪的书，还有一把镶银的梳子。她在冷飕飕的饭厅里跟父母吃了圣诞午餐，他们头上都戴着皇冠似的纸帽子，没有一个人说话。饭后，母亲洗了碗，收好瓷汤碗和家里最高档的杯子，仿佛正在把圣诞节打包装起来。父亲则在炉火前打了个盹儿。她想一把抓住她长大的家——成套的窗帘、十字绣茶巾、扶手椅的刺绣罩布、绣着“女人的活永远干不完”和“人只有在花园才最贴近上帝的心”的刺绣作品，把它们一股脑儿地扔出去。但她没有。她只是从大衣口袋里拿出了舞会的票。

“那是什么？”她母亲问。

“你该把头发绾起来。”一个姑娘说。莫琳好一会儿才意识到她在对自己说话。这个姑娘叫夏琳·威廉姆斯。没错。她需要记住的东西实在太多。夏琳的父亲曾经是一名“二战”军人。

“我不太会弄头发。”莫琳感到自己的脸颊开始发热。她的头发又黑又细，永远做不出造型，只能任凭它们垂落下来。

“你弄好了肯定很像那个电影明星。叫啥来着？”

"奥黛丽·赫本。"帕蒂·德里斯克尔插嘴道。

"就她。不如我来帮你弄吧。莫琳，来根烟不？"

"不了，谢谢你。"莫琳不会抽烟，甚至没有尝试过。

"给咱来根烟！"埃斯特·休斯喊了一声，帕蒂·德里斯克尔也喊了一声。

"我只有一包！"夏琳嘟哝了一句，还是派起了烟。姑娘们互相传递着点燃的火柴，每一次点燃都会照亮一张脸，宛如黑夜中的幽灵，"莫琳，你怎么还在上学呢？"

她说："我要考秘书学院。"这总比考大学听起来好一点儿。

"你瞧，莫琳脑子很好。"双胞胎之一笑着说道。不是波利娜·戈登就是波莱特·戈登，莫琳分不清她们两个，因为两人穿着同样的大衣和靴子，系着同样的发带，"我们所有人脑子加起来都没她的好。"

"边走边说吧。"埃斯特摸了摸头上的卷发夹，开始往前走。有人开始高唱《叮当欢乐颂》，姑娘们很快合唱起来。唱到最高音的"喜悦"时，所有人都破了音，像一群女巫在尖叫。

莫琳知道，这里每年都会举办节礼日舞会，许多人会从好几英里外赶过来。舞会上有各种人，不仅是工人和农民，还有回来过节的大学男生，甚至还有单身的年轻教授。夏琳说她今年要约到一个优秀的文职人员，因为她已经受够了那些没用的农场青年。

莫琳以前只参加过她母亲的朋友们举办的派对。她见过那些阿姨的儿子，只留下了针织套头衫和匆忙道别的印象。她不止一次想听从长辈的建议，在摆着手指饼和热茶的角落里谈个恋爱。女士们都喜欢聚在一起谈论自己的丈夫，谈论他们的工作，莫琳的母亲则会安静地打量自己的双手，因为她的丈夫由于心脏问题早早退休了。他甚至没像其他人那样去参战，只是在一个军工厂里工作，不过，莫琳的母亲管那叫卧底工作。战争已经过去了二十年，可人们还在谈论它。“你要显得饶有兴致。”她母亲会低声说。“我真的很努力了。”莫琳会这样回答。她母亲会挺起胸，仿佛要把自己吹胀，然后说：“你在打哈欠。”莫琳回答说自己只是很想笑，这样很过分吗？她母亲会挑起眉毛说：“我觉得不是这么回事儿。不是这么回事儿。”

莫琳永远无法像母亲那样。只要有机会，她会对一切事物说：“我觉得也是。”

一点灯光浮现在黑暗中，姑娘们经过了大门紧闭的木屋。木屋里透出了灯光，还能看见里面的圣诞树。埃斯特·休斯说她想停下来看看，还说她家从来没摆过圣诞树，因为她弟会把树弄倒，害她妈妈精神衰弱。她看着圣诞树上的彩灯、银箔和树顶的小天使，紧绷的表情顿时柔和下来，多了点孩子气。随后，其他姑娘也围了过来，微笑着起哄："噢——"莫琳觉得，她们也变得更孩子气了。

她想象着房子里的人——可能在看电视（假设他们装了电视），可能在用圣诞大餐剩下的火鸡肉做三明治。她想象父亲在家中的扶手椅上打盹儿，母亲忙着织十字绣挂毯。她很庆幸自己出来了，站在这个冰冷的夜空下。风再次平静下来，空气仿佛也被冻僵了。屋顶的瓦片像鱼鳞一样泛着蓝光。

"到了，快看！"帕蒂·德里斯克尔喊了一声。

莫琳看到远处隐约可见舞厅的黄色灯光，旁边还有一盏小灯在夜色中摇摆。她深吸一口气，试图冷静下来。随后，她听见了远远传来的音乐声，那声音就像她的一部分，像她的心跳。

她跟在姑娘们身后走了过去。

“我不准你去节礼日舞会，”她母亲说，“这件事到此为止。”可是莫琳分毫不让。“我已经十八岁了，”她说，“你拦不住我。”她不敢看母亲的眼睛。她是否问了父亲？当然没有。他是个体面的绅士，语气轻柔，永远在为自己身体不好感到歉疚，永远都认为自己是个负担，直到所有人都懒得重复：“不，你不是。”“你有为我想过吗？”母亲问。莫琳不自在地耸了耸肩，因为这个问题似乎展露了母亲未曾示人的一面。“我可警告过你了。”母亲说完，转身离开了房间。

人们已经开始跳舞了。一个队伍延伸到门外，几个男生在抽烟，他们胡乱披在身上的夹克要么太大，要么太小。帕蒂·德里斯克尔和埃斯特·休斯不耐烦地扭着身子，想看清等会儿邀请谁给她们做舞伴，也想看看舞厅里是什么样子。有两个人影已经靠着墙紧紧搂在了一起。“那个朱迪斯·霍格，她真不要脸。”一个姑娘说。还有一个男孩四脚着地跪在地上，半边身子隐入灌木丛中。

埃斯特说：“那是彼得·格林。他非得把自己喝得晕头转向才舒坦。”

姑娘们停下脚步，齐声喝彩：“加油，彼得，吐出来，小伙子！”

难怪莫琳的母亲从没参加过节礼日舞会。

门厅侍者一身圣诞老人的装扮，他头戴一顶红色天鹅绒帽子，脸上挂着白色假胡子，身穿一件红色外套，扣子有点儿系不上。他把每一张票都对着光仔细打量一遍，仿佛怀疑有人造假，所以尽管莫琳已经给了票钱，她还是有点紧张。当他确认票没问题后，就拿起一个油墨章，往莫琳手背上盖了个蓝色标识。“哦，呵，呵。”他对姑娘们说着，捏住她们的手指。

“这两个小宝贝乖不乖呀？”他对帕蒂·德里斯克尔的胸脯说。

“快得了吧，圣诞老人。”她说着挤了进去。

进了舞厅，帕蒂脱掉她的防水风衣，递给管理大衣间的女士。莫琳解开红大衣，做了同样的动作。其他姑娘都穿着迷你裙和短上衣，纷纷调整着裙摆和肩带。“你不能穿成那样。”莫琳出门前，母亲走进卧室，对她这样说。莫琳感到奇怪，因为她平时一直都穿白衬衫和格子裙。母亲像进来时一样，一言不发地走了出去，随后拿着一条黑色缎子长裙走了回来。“试试这个。”那条裙子是鸡心领，腰部收紧，裙摆也十分修身。莫琳从未见过，不过从那细密的针脚就能看出，那是母亲亲手缝制的裙子。她还能看出这条裙子从来没人穿过。此时，她的母亲已经帮她穿上裙子，拉好拉链，还把她领到了镜子前。母亲什么都没说，唯独表情严肃，让莫琳感到一阵重压，只想尽快逃离。“这么说你同意我去了？”莫琳问道。她母亲没有回答，而是说：“我会在楼上给你打手势，你不要出声，免得吵醒你爸爸。”

教区大厅在一座很大的房子里，地上铺着抛光的地板。裸露的灯泡被换成了应景的红色，在舞厅上空一字排开，宛如巨型红莓。大厅里装饰着手工制作的长青环，铁梁架上挂满了彩纸条。一颗槲寄生球悬挂在舞厅中心，年轻人都像见到毒药一样对它敬而远之。桌子被挪到墙边排开，上面铺着纸桌布，还装饰着常春藤的枝条。大厅另一端有个临时搭建的舞台，同样装饰着长青环，还有一棵挂满装饰的小圣诞树，此时 DJ 正在旁边播放舞曲。他身后的乐队已经在准备器材了，他们动作缓慢，仔细地给吉他调音，架起大小乐鼓，努力装出满不在乎的样子。乐队成员穿着西装和颜色深浅不一的衬衫，主唱脖子上的项链就像一个巨大的金色太阳。

大厅里已经挤满了人，但只有寥寥数人站在舞台附近。一些人在周围徘徊，仿佛尚未决定自己要在哪里跳舞。还有一些人只是站在一边，旁观一切。大部分人都三五成群地聚在大厅边缘——比如身上夹克貌似借来之物的农场青年，还有穿着全套晚礼服、打着领结的年轻人。一群群姑娘围在桌边，不断向熟人打招呼，或是端起酒杯。当她们用腿支撑着身体，或者放声大笑时，动作都会格外夸张，同时不忘往旁边瞥上一眼，看有什么人正在关注。莫琳认出了一个头发油腻的男生，她在母亲朋友的派对上见过他。她记得那个男生叫霍华德。如果他不叫这个名字，那就太不应该了。在那个男生发现她之前，莫琳就转开了目光。槲寄生球正下方空无一人，只有地板反射着灯光，宛如一坛静水。

主持人站到了舞台前方，姑娘们走了过来，在大厅一侧站好，与朋友轻声嬉笑，不时朝舞池另一头害羞地瞥上一眼，为调换位置大费周章。接着，男孩儿们走了过来，步伐缓慢，检查着自己的领带，有些人手上还拿着酒水，生硬地装出一副漫不经心的样子，仿佛自己只是碰巧走进了队列中。夏琳站在莫琳刚才认出的那个男生的正对面，她忍不住拧起了眉毛。帕蒂似乎没有舞伴。埃斯特的鬈发已经塌了下来。波利娜和波莱特手牵着手。

乐队奏响旋律，舞伴们上前一步。

他们跳了起来，双手交叉，在舞池中飞快地迈着步子，一会儿往这边，一会儿往那边，一会儿来到中间，随即滑向两侧，再相遇时牵起了手。一些人撞到了墙上，领舞的男女握住彼此汗湿的手组成拱门，其他人从底下穿了过去。人们跳了一支又一支舞，趁中间短暂的休息时间去吧台买酒水。左手牵起转圈，随后背靠背，然后分开，在外围起舞。交叉双手，逆时针转，8字形，双人舞，再回来。莫琳感觉脚下传来一阵震动，仿佛整个大厅都在起舞。

“莫琳，你没舞伴吗？”帕蒂·德里斯克尔朝她喊道。她跳了一个多小时，脸蛋红得像樱桃，整个人上气不接下气，险些连话都说不出来。

莫琳摇摇头。她之前在边上站了一会儿，也进去跳了一下，不过现在，她正紧紧盯着一个人，完全顾不上看别人了。

她一开始就注意到了那个人。她不可能看漏。其他男女或是聚在一起，或是成双成对，唯独他在舞池正中独舞。有时旁边的人会撞到他，有时人们会把他围起来，可他似乎没有发现，或是毫不在意。男孩展开双手，摇晃脑袋，双腿摆动；大衣的下摆上下翻飞，就像千鸟格花纹的风帆。他仿佛要把体内的什么东西舞动出来。他看起来如此野性，半带疯癫，却又无比自由。莫琳从未见过这样的光景。

“那是谁？”莫琳问。

“我们管他叫莫娘。”帕蒂·德里斯克尔说。

“为什么你们管他叫莫娘？”说话间，莫琳又盯丢了他的身影。那个舞姿狂野的青年去了哪儿？她担心他已经走了。

“因为他没有妈妈。”

“他妈妈呢？”

“跑了。他爹是个十足的浑蛋。”帕蒂闭上眼睛，身体晃了晃，险些失去平衡，“我喜欢舞会，我都不想回家了。”她重新走进舞池，莫琳则转到另一边，好看得更清楚。

找到了，他在那里，依旧独自起舞。他就像大厅里的陌生人，像不懂得任何规矩的异乡来客。她一直盯着他看，感知着时间的流逝，兀自微笑起来。只要她能一直注视着他，这就够了。

他突然停了下来，可能是感应到了莫琳的目光，朝她看了过来。随后，他又跳了半个小时左右，于是她继续盯着。可是现在跟刚才不同了，因为他肯定知道她在看。他没有停下来，她也没有移开视线。他狂野的能量打动了她。他是那么完满。他又停了下来，捕捉到她的目光，随后挤出人群，在她面前站定。他近在咫尺，莫琳甚至能感觉到他的体温。他身上散发着香甜的气味，像是柑橘。

他弯下腰，把嘴凑到她耳边，撩起她鬓角的头发，好让她听见自己说话。这个大胆的举动像一束电流窜过她的脖颈。莫琳屏住呼吸，仿佛想让时间静止。

他的声音拂过她的耳际，带着惊人的柔和，无比亲近。这种感觉好像他真的溜进了她的脑子里，从骨髓中对她低语："你随时可以嫁给我。"

什么？他说了什么？他挪到一边，低头看着她，等待她的回应。他的表情严肃，暗示刚才的话都是出于真心。莫非她听错了，莫非他说的是"你随时可以借个火"①？

---

①"你随时可以嫁给我（You could always be my wife)"的英文表述和"你随时可以借个火（You could always give me a light）"相似。

她仔细打量着他的脸，试图从中寻觅出一丝线索，可她只看见了那对深蓝色的眸子。他没有移开目光，显然在等待答复。她顿时陷入尴尬，感到肌肤好似着了火，没等她反应过来，一阵急促的笑声就冒了出来。这不好笑，这一点都不好笑，可她已经笑了，再也停不下来。她笑啊笑啊，而他一直看着，嘴角勾起一丝微笑，仿佛被她迷住了，又好似得意于自己制造的效果，得意于自己让她笑得如此突兀而失控。她不知道他是向她求婚还是向她要打火机，于是她说出了脑子里冒出的第一个想法。

“你最好先请我喝一杯。”

她从来没对男生说过这种话。可能帕蒂·德里斯克尔或者别的姑娘才会这样说话。

这回轮到他笑了，而且笑得很大声，从眼角到脸颊都笑出了皱纹。接着，他耸耸肩，走开了。

她看着他在吧台排队。他没有回头，于是她有机会观察他的身高，他梳成大背头的头发，还有他那件过于短小、吊在膝盖和手腕上边的大衣。那可能不是他的衣服。她从未见过一个人如此完满，又如此孤独，看着看着她就笑了起来。接着，她看见吧台里的女人点点头转了过去，应该是问他要点什么酒。她拿着两杯酒水递给他时，同样大笑了几声。他身上似乎散发着让人开怀大笑的魔力。

他朝莫琳这边挤了过来，手上端着两只塑料杯。当他看见莫琳还在等待，显然有些受到触动，他似乎认为莫琳会离开，同时为自己的误解感到释然又感动。他露出羞涩的笑容，似乎不敢看她，于是她也露出微笑，示意他不要害怕。两人小心翼翼地碰了杯。杯里装着清澈的液体，她猜测应该是金酒。她不想喝金酒，可她想接受他的好意，所以她深吸一口气，然后屏住了呼吸。她决定一口气喝干，再也不去想它。

那是一杯凉水。

莫琳的微笑更灿烂了，仿佛她了解这个男生，这个男生也了解她。“谢谢。”她稍微提高音量，让他在音乐的轰鸣中能够听清自己的话。

“不用谢。”他举杯喝干了自己的饮料，随后用手背擦了擦嘴，“你叫什么？”

“莫琳。”

“莫琳。”他重复了一遍，仿佛像在仔细品味这个名字，“莫琳。”莫琳觉得他想多待一会儿，跟她聊点别的，而她也一样。可是两人没有别的话可说，于是他们看向舞池。

稍远的地方，疑似霍华德的男生正在靠近一个身穿珊瑚色裙子的姑娘。他微微鞠躬，伸出一只手，脸颊涨成了姑娘裙子的颜色。她摇了摇头，但被周围的姑娘一推，撞进了他的怀里。他猛地把那姑娘推开，似乎是被吓了一跳。

夜晚已经快要结束，莫琳不知时间为何过得那么快。主唱走下了舞台，乐队开始演奏《友谊天长地久》，舞池里再次挤满了人。疑似霍华德的男生和珊瑚色裙子的姑娘僵硬地转着圈，姑娘放在他肩上的双手绷得好似两只爪子。波利娜和波莱特同时牵着彼得·格林，三人一道摇曳着身子。帕蒂·德里斯克尔正在与埃斯特·休斯跳一支慢舞，帕蒂的下巴搁在埃斯特瘦削的肩膀上，蓬松的橘色发丝轻触埃斯特的双唇，那双大手裹着埃斯特骨瘦如柴的手指。主唱出现了，他的嘴唇紧紧贴着夏琳的唇，仿佛正把每一首熟悉的歌曲直接灌入她的体内。

莫琳看着这些人。她想，就是这样了。人都会寻找伴侣，这些伴侣有的能相处一小会儿，有的能陪伴许多年。有时你跟一个人待了一辈子，也丝毫不理解他；有时你在舞池里邂逅一个男生，却感觉他像是自己的一部分。外面的世界也是一样，或许绵羊正与狐狸配对，耗子在跟虫儿起舞。

她想到了母亲，想到母亲在楼上隔窗望着自己离去，没有招手，没有微笑，仿佛希望女儿再也不回来。

“你好像自得其乐。”男孩儿对她说。

她微笑道：“没错。”

“吧台那边有人说，外面下雪了。”

“不可能。”

“我知道，”他说，“可他们是这么说的，所以我们可以待在这里猜测，或是出去看看。”

他没再说话，直接转身走向大门。这次，她跟了上去，没有细想。他朝后伸出手，仿佛不用看也知道她会跟上来。他的手指紧紧裹住了她的手。

如果有人告诉她——当他们穿过相拥的情侣，穿过地板不再光亮的教区大厅，穿过歪歪斜斜的长青环，还有已经化作舞者肩头碎纸的彩纸条时，如果有人告诉她，这就是她不久之后与之结为连理的人，这就是让她放弃大学梦想，与之生下一个孩子的人，而有一天她将失去这个人，他们将睡在不同的房间里，在早餐时一言不发，因为安静（或类似安静的东西）会变得比话语更简单，他们将会遗忘这场节礼日舞会，遗忘曾经那么有趣的事情，她会低垂着头，任凭长发贴着脸颊……“不，不，”她会说，“我觉得——”她可能还会说。

但这些都尚未到来。此时此刻，男孩给她披上了红色大衣，拉开门，外面刺骨的寒冷几乎要把她撞个跟头。

“瞧啊。”他大笑起来。

月亮不见了踪影，大地笼罩在苍蓝的夜色中。他们身边飞舞着节礼日的雪花，就像融化的星辰。雪花仿佛同时从地面升起，又从天空飘落。她掌握着自己的生活。这不再是她母亲的生活，也不是帕蒂·德里斯克尔的生活，或其他姑娘的生活。她回想着男孩起舞的身影，回想着他在她耳边留下的问题。答案如此简单，如此明确，让她只能放声大笑，仿佛世间最要紧的事情便是沉浸在幸福中，发出欢乐的声音。这让她难以忍耐。

她说：“好。”

“嗯？”

“好。”她没有转头看他，因为没有必要。她的眼前尽是他的影子。他将是她世界的一部分，而她甚至连他的名字都还不知道。这就像个小小的奇迹。

她安静地站着，抬头凝视飘落的雪花。

一千亿种生活

A Snow Garden

孩子们不停地问，新家会不会下雪。“会。”他说。本来只是句玩笑话，但是话越说越认真。“会，会，会！”“我不明白你为什么要一直说那里会下雪。”他妹妹打电话来，“明明只能在电影和该死的广告里看到雪。”“因为所有人都想要雪，”亨利对她说，“他们想要雪，这是传统，是圣诞节的一部分——你懂的。”

“懂什么？”

“魔力。”他不自觉地拔高了音调，这反倒显得他一点都不肯定，甚至有点急迫。

“你确定你准备好了？”他妹妹问，“亨利，这件事你可不能搞砸了。”

没错，她一直都是对的。在孩子们到达前，他有太多东西要准备。亨利每天都会查看天气，可她连这点都说对了——丝毫没有下雪的迹象。除了一点儿低层乌云，天气没有预报任何东西。有时候白天才刚开始，天色又变暗了。

此时此刻，亨利的头脑正在疯狂运转，装满了他必须要解决的事情。首先，房子需要上一遍油漆。十个月前，亨利刚办好离婚手续就买下了这个房子，可直到现在都没怎么真正关心过。那间公寓（那甚至不是**他的**公寓，而是**那间**公寓，仿佛只是个路过的地方，随时可能离开，甚至可能在半夜离开，只要心血来潮）只是一个地方，他会在下班后打包一份饭在那里吃，然后盯着电视机，直到眼睛再也睁不开，只能闭上。当他洗好一只杯子或盘子，他不会放进碗柜里，而是放在收纳箱里。有时他还会用报纸把它们重新包起来。他发现自己的东西仿佛是强行闯进了他的生活，跟他并没有什么关系。连他的两个儿子都显得格格不入。周末，亨利会到公园走一圈，或开车带妹妹去吃一顿周日烤肉大餐。阿碧比亨利小五岁，但做起事来宛如他的母亲。总得有个人来当妈，她经常这样调侃。

“我真希望自己不需要离开。”她说。

“我能搞定，没问题的。”

“我根本不喜欢滑雪。”两人笑了起来，随后她问，“你打算怎么带那两个孩子？六天可是一段漫长的时间。”

"哦，我有可多计划了。"

"真的？"他能听出妹妹声音里的惊讶和释然。她在极力掩饰这些情绪，不知为何这让他感到有点伤心。

"好了，先这样吧，我还得忙呢。"他说。

一般亨利跟孩子们见面，顶多相处一个下午。他从来不去老房子找他们，因为他无法回到那里，因为那里会让他因过于内疚而不自在。他可以花个几小时带孩子们在高速上兜风，找个服务站坐下来喝咖啡，然后，他会准备好多要跟孩子们一起做的事情。然而每次真的到了这个阶段，他总会做同一件事，就是带他们去看电影。看电影总比三个人坐在桌旁无话可说要好得多，而且比逛博物馆容易不少。("谁会去博物馆啊！"他的大儿子康纳说。他变得如此苍白细瘦，仿佛被突然蹿起的身高夺走了血色和重量。一层淡淡的青须出现在他的下颌和唇上，而他的面部轮廓显得僵硬而固执。"我有点想去逛博物馆。"欧文说。这孩子跟他十五岁的哥哥不一样，还一点都没长大。)看完电影，他们总有时间吃点东西。有时亨利提议吃中餐，不过让他放心的是，两个孩子每次都选择打包芝心比萨到亨利的车上吃。那辆车的外装风格使它看起来很小巧，像一辆临时代步工具，很不起眼。如果亨利开口问起孩子们的学校和家庭生活，或是关心一下黛比，两人就会说“挺好”。一切都“挺好”，除此之外别无他词，这就像是曾经一个毫无遮掩的开放空间中突然横亘起一堵陌生的墙壁。直到现在，亨利都还没有习惯。

不过，事情发生了一点转变。他妹妹管那叫“一次进步”。亨利找到了新工作，并在公寓里安顿下来，于是孩子们要从十二月二十七日起跟他一直待到一月一日。这可能是亨利崩溃并离婚后，跟孩子们一起度过的最长的一段时间了。“你那不着调儿的样儿。”他的前妻黛比说，还故意把“不着调”念成了“不着调儿”，好跟“样儿”押韵。

亨利买了一罐蓝色油漆来粉刷房间。他在甩卖会场挑了一张廉价的松木双层床，还有一套配对的抽屉。他还买了一套盘子和带把手的杯子，以及一整套餐具。他想买一张画，让公寓看起来更有生活气息，于是挑了一幅装在塑料搭扣画框里的打折雪景画，看起来很应景。画里的树落满了积雪，一个年轻女人穿着红大衣，旁边还有许多卡通动物。这幅雪景画让亨利感到心情平静，仿佛有人把手搭在他的肩膀上，用柔软的声音引导他入睡。他已经很久没有这种感觉了。他经常坐在屋里，呆呆地看着画，脑子里什么都不想，只是呆呆地看着。画上的年轻女人看起来很快乐，可他还是为她感到遗憾。他很想知道她接下来的故事，因为接下来一定发生了什么。总有人会为她想一个故事出来。

圣诞节前，亨利买了一棵种在盆子里的冷杉。严格来说，那是食品杂货店角落里打折出售的瑕疵品，因为树长歪了，朝左边斜倚着，仿佛站累了想躺下来似的(这让他想到康纳。一旦他想到了康纳，亨利就再也不忍心让它留在杂货店里了)。亨利和店员都歪头盯着那棵树，来修正歪斜。“我想你可以在花盆一侧垫个楔子。”店员说。后来，亨利缓缓挪开了一堆堆箱子、自行车、垃圾信件、空酒瓶、外卖餐盒和公寓住户扔到门外的所有东西，把它搬上了公寓楼梯。一路留下不少针叶，亨利还不停地被扎伤、划伤。他又开车到城镇边缘的五金店，花了一个小时，只为找合适的圣诞彩灯、亮纸条和小饰物。

“这些很不错。”店员对他说。她有一双柔和的褐色眼睛，鼻子上穿着环，仿佛在寻觅可以将她拴住的东西。

“是吗？”亨利问。

她笑了起来。“是的。这些彩灯配有遥控器，还有六种不同的模式，你儿子一定会喜欢。”她微笑着，一边打包一边问他是否想去喝一杯。可是刚说完这句话她就涨红了脸，让亨利以为自己听错了。“回头见。”她说。

礼物比装饰更让人头痛。这个月的抚恤金已经划到了黛比的账户上，他没剩多少钱了，再加上他买了床和家具，更是所剩无几。亨利打电话问两个孩子想要什么礼物，康纳嘟哝了一句亨利一点儿都不想让他重复的话，欧文则说什么都可以，什么都喜欢。亨利又发短信给黛比，问了同样的问题，她回复：“自己想。”

亨利给孩子们买了电脑游戏，至少这能让他们有点事情做。路过一家体育用品店时，他发现了正在打折的北极熊形状和企鹅形状的雪橇。“这些商品都特价出售。”他付钱时，店长告诉他。那是一个外表坚毅的中年女人，长着一头红发，她笑起来声音低沉，像个老烟民，“这些都是泡沫塑料做的，一根指头就能抬起来。看见没？”亨利说，他的大儿子已经十五岁了，早已过了玩雪橇的年龄，但那女人又发出了低沉的笑声：“再大都适合玩雪。”后来，当亨利在电话上跟妹妹提起动物雪橇的事情，她叹了口气：“亲爱的，你觉得那些东西为什么打折呢？”妹妹问了一句，“因为那里根本不会下雪啊。”

亨利在服务站等到了黛比。“他们不想来的。”她边说边从卡卡圈坊的展示柜旁挤过来。这地方挤满了圣诞节游客。康纳和欧文像两个影子似的跟在黛比后面，一个修长、缓慢，一个矮小、雀跃。黛比鼓起了腮帮，“我只是提醒你一句。”令亨利惊讶的是，她接受了他去喝一杯的邀请，于是四个人挤在一张胶合板桌子旁，捧着花瓶一般大的纸杯，喝起了色彩鲜艳的橙色饮料。

“嗯，”由于没人说话，亨利就先开了口。他们要么盯着手机，要么挠着头，“就像从前一样。”

“你真这么想？”黛比涂着暗色唇膏。亨利以前从未见她用过，看起来像是吃了太多黑莓。

自己**真**是这么想的吗？亨利也不清楚。什么是真？此时此刻，他只是在做出友善的表示，单纯为了说话而说话，这或许称不上真。两年前，情况最糟糕的时候，他曾经目睹摩托车轰隆隆地在大厅楼梯上下窜动。他看见了，听见了，还闻到了灼热刺鼻的废气和汽油味。尽管别人都没看见楼梯上的摩托车，可对当时的他而言，那就是真实的。太吓人了。

“你觉得我很怪，对吧。”黛比说。

“我没有。”他说。

“那就别盯着我嘴巴看。”

她穿着一件修身的粉红色圣诞毛衣，貌似有个松鼠吃坚果的亮片图案，可是黛比刚抱怨了嘴的事，他没敢仔细看。

“你打算直接去机场吗？”他问。

黛比没有回答，只是慢悠悠地吸了一大口饮料，然后挥挥手，仿佛在赶他走。

他又说：“你确认过航班没？圣诞节那天刚出过问题，有人在机场生了个孩子。”康纳闷哼一声，欧文笑了笑，黛比则白了他一眼。

“电脑出问题了，”她说，“是技术故障。”

另一张桌旁，一个年轻女人跟抱着小孩的男人打了声招呼。他飞快地吻了她一下，随后把小孩递过去，仿佛那是个过重的行李。角落里，四个戴着圣诞帽的小孩正在吃汉堡，他们的父母则站在桌子两边，看向窗外。有多少人在一同旅行，又有多少人像他和黛比这样离婚了，正把孩子（一场婚姻硕果仅存的东西）送到对方那里过圣诞节？

“我准备了火鸡，孩子们，”他说，“明天早上我们可以大展身手了。圣诞树下的礼物，圣诞午餐……”孩子们抬头瞥了他一眼，重新看向手机。

“他们只吃香肠，”黛比插嘴道，“还有比萨。”

“我不知道他们只吃香肠，什么时候开始的？”

“在你跑出去寻找自我的时候。对了，找得如何了？”

“呃，你知道……”

“我一点都不知道。”她说。

黛比盖上盖子，把饮料推到一边。亨利不禁觉得自己也被扔进了那个杯子里，等待着随时被人拿走扔掉。“你准备好了吗？”她往嘴里扔了一块口香糖，然后站了起来。

他跟在黛比和孩子们身后走了一小段路，来到她的新车旁边。云朵像巨大的平底盘，在头顶缓缓飘过，将彼此推向地平线的另一端。目光所及的车里都堆满了行李、寝具和礼物。黛比从后备厢里拿出孩子们的手提旅行袋，头也不回地在半空中放开手，仿佛她看不见亨利，却指望他在那儿接着。他不小心注意到了她的行李箱。“阳光和瑜伽，”她之前提到过，“你该当一回父亲了。”他寻思着她是一个人去还是跟朋友去，又或许是跟某个特定的人去。

“孩子们，”她说，“我要跟亨利说两句话，你们到他车子旁边等吧。”

康纳和欧文不情不愿地走到一边，似乎不想离他们太远。黛比凑到亨利跟前，他甚至能闻到她嘴里口香糖的薄荷味。亨利看着她的手，以避免目光落在她的亮片毛衣或她的黑莓嘴唇上。她仿佛要把一张餐巾纸撕成碎片。她的声音十分清晰地传入他的左耳："我警告你，我离开期间你要是敢做奇怪的事情，哪怕只有一件，我都会像一吨砖头一样砸到你头上。听清楚了吗？"

"清楚。"他应了一声，随后又重复一遍，以防她没听清，"是的，我清楚了。"

"孩子们说你一直保证会下雪。"

"黛比，那只是个玩笑。"

她停止了咀嚼，似乎死死咬住了牙关。"是吗？"

"当然了。"

"你保证自己没问题？保证你不再看到那些奇怪的狗屁了？"

欧文一定是听见她骂脏话了，因为他噘起嘴假装自己没听见。

"我向你保证，我现在看不见那些奇怪的东西了。那已经是很久以前的事情了，黛比。我最近的生活平凡得令人僵化。"

孩子们坐在车里，异常安静。透过后视镜，亨利能看见康纳——他盯着手机，不时挠一挠凌乱的黑发。欧文坐着不动，滑雪衫的拉链一直拉到了下巴尖儿，两只小手放在膝盖上，凝视着窗外的风景。直到他们下了高速，他才一脸严肃地说："嗯，亨利，我怎么一点儿雪都没看到。"

亨利感到胃里一抽，而且，他依旧为孩子们不管他叫爸爸这件事感到备受打击。自从他崩溃之后，孩子们开始叫他的名字，仿佛他是他们最近刚认识的人，需要以礼相待。"你知道的，"他说，"可能……你懂的……很有可能……"

后视镜里突然映出的动作让他闭上了嘴。是康纳。男孩抹了一把垂下来的刘海，下巴苍白紧绷，就像一只握紧的拳头。"当然不会下雪了，"他吼了一声，声音沙哑，"每次我们问起，你都信誓旦旦。你觉得我们还小吗？"这是他一年来说出的最长的句子，而且他听起来就像是个成年男人。男版的黛比。

"亨利，其实呢，"欧文说，"我们就像喜欢香肠一样喜欢火鸡。"他从滑雪衫里掏出一个特百惠保鲜盒，打开盖子，"还喜欢杏脯干。"说着，他拿起一颗含在嘴里。随后，他用力挠了挠头，"妈妈说我们长头虱了吗？"

“没有。”

“我们长头虱了。”

他们再度陷入沉默。

那个夜晚似乎要持续到永远。一点三十分，亨利把火鸡放进烤箱，设定了慢烹（他在网上找到一个菜谱：低火烤十二个小时），然后爬进沙发上的睡袋里，一直熬到五点，他才允许自己起身煮一壶咖啡。他睡得断断续续的，总是忽然惊醒，然后睁眼看着黑暗，生怕自己犯错。他不断扪心自问，自己究竟能不能带他们打发掉五天时间。孩子们住进来后，整个公寓都显得不一样了，连周围的空气都变得无比紧绷而脆弱。唯一保持原样的便是那幅雪景画，那个穿着红大衣的年轻女人。

亨利起身走到卧室，轻轻把门打开一条缝。孩子们还在熟睡——康纳摊开四肢睡在下铺，欧文规规矩矩地躺在上铺。昨晚妹妹打电话来询问情况，他的回答是：“挺好。”他并没有提起康纳一整晚都在玩手机；也没有提起欧文发现房子里没有浴缸只有淋浴时，表现出了彬彬有礼的惊讶；更没有提起当他站在门边道晚安时，没有一个孩子觉得自己应该回应一下。他轻轻关上门，生怕它裂开。

亨利来到客厅，趴在圣诞树下打开了彩灯的电源。他整理了树下的礼物，让它们看起来显得更多，他把两个大的雪橇放到后面，小的电脑游戏摆在前面，并确保标签能被一眼看到。随后，他用手肘撑着身子，开始往后爬，但好像碰到了楔子，因为圣诞树突然晃了一下，似乎要倒下来。亨利伸手去扶，但就像是抓住了一把钢针。他只能保持跪在地上的姿势，任凭圣诞树戳在他的肩膀上，俨然背着它。与此同时，他开始思考对策。

“亨利，你在干什么呢？”亨利从树下看见两只小小的脚出现在走廊上。那两只脚如此苍白，就像两块石头。

“啊，欧文，我在调整圣诞树呢。”

“嗯，看起来的确不太稳。”

“你能把楔子递给我吗？”

“亨利，我看不见楔子，只看见一块折了好多折的报纸。”

“对，那就是我的楔子。”

“好吧。”两只小脚向前走了几步，停下来，随后走向圣诞树。动静停了片刻，亨利感到圣诞树的尖刺从左边肩膀转向了右边肩膀。这种感觉就像是被一头巨大的豪猪拥抱。一只小手伸了过来，抓着那团仔细叠成楔子形状的报纸，不过现在，它折叠得更整齐，也更好用了。

“晚上下雪了吗？”欧文问。此时亨利刚刚站直了身子，正在拍肩膀。

“应该没有。”

“那明天呢？”

“这……”

“我看看窗外吧。”

亨利看着儿子拉起窗帘一角。满城亮着街灯，就像一张嵌满橘色纽扣的毯子，天空也倒映着灰暗的霓虹灯光。欧文不相信有圣诞老人——因为黛比认为孩子长到五岁就该知道真相了。她认为圣诞节就是一场闹剧。然而，欧文似乎还相信着一夜之间飘起鹅毛大雪的魔法，相信世界会在他熟睡时从平凡的日常变成一片冰天雪地。其实我也是，亨利想。直到现在我还希望看到那样的魔法。我希望世界比现实更庞大、更神秘。

欧文在窗前转过头：“今天没有下雪。”亨利感到一个硬块哽在喉咙里。欧文又说：“亨利，你的厨房里好像有东西烧焦了。”

网上的菜谱有问题。圣诞午餐已经做好了（其实是做过头，烧成炭了），可现在还没到早上七点半。亨利削掉表层的焦炭，把剩下的火鸡用铝箔纸裹了起来。他出了一背的冷汗，需要呼吸一点新鲜空气。

“你还好吧？”欧文问。他仔细打量着亨利，似乎担心他的父亲会突然碎成一块块的。这让亨利痛心不已。

他说：“我们把康纳叫起来出门散步吧。附近有个公园挺漂亮的，去走走应该不错。”

“不了，谢谢。我们年纪太大，不爱去公园了。但是你可以去，我会等你。”

“我不能让你们独自待在家里。”

“我已经十一岁了，妈妈总让我们自己待着。”欧文走到圣诞树旁坐下，竖起膝盖垫着下巴，双手搭在脚上。他看了一眼礼物，“好像有四个是我的。”他露出了美丽的微笑，就像一轮新月。

天刚蒙蒙亮，街上还没有行人，只有堆积成山的垃圾袋。东方出现一道鱼肚白，建筑物开始在黑暗中显出轮廓。亨利穿过公园大门，走向露天演奏台。他慢慢走着，因为慢走比跑步安静一些，可他的大脑却希望他狂奔起来。他不知道自己为何要对孩子们撒谎。是的，一开始只是个玩笑，可后来渐渐成了其他一切复杂表达的代言，比如“我爱你们”，或者“对不起，我搞砸了”，再或者“我想你们”。他可以许诺很多事情，为何偏偏要选一个自己无法实现的？他想到圣诞树下裹着包装纸的雪橇，不由得大声呻吟起来。

亨利回想起一段让他感到刺痛的往事。那时他还是个孩子，他问妈妈圣诞老人是不是真的。妈妈噘着嘴，盯着鞋子想了想，很干脆地回答：不，不是真的。“那牙仙呢？”过了一段时间，他又满怀希望地问，希望这次能得到肯定的回答。不，牙仙也只是个故事。那杰克冻人[①]呢？（他真的相信杰克冻人吗？妈妈大笑起来。对，他是真的。他甚至看到过照片——一个高大的男人穿着一身白衣，长着冰做的胡须，还有利爪一样的手指。）月亮上的男人呢？他是真的吗？“你不要得意忘形了。”妈妈说。那上帝呢？他又提出了问题，越来越动摇。天使呢？耶稣呢？他妈妈拿起一根香烟，打着打火机。“快走吧，”她说，“越说越蠢了。”这就像高墙的崩塌，真相一个接着一个砸过来，直到眼前一无所有，只剩下成年人的焦土。世界变得更加平凡，没有了希望和救赎。亨

① 梦工厂动画《守护者联盟》中的主角。

利沉浸在深深的丧失感中。他曾经看着阿碧打开圣诞袜。“圣诞老人太**贴心**了，对吧？”他问。如果她依旧相信那人造的美好，他或许多少能好受一些。然而阿碧只是轻蔑地看了他一眼。“难道**你还不知道**吗？”她说，“圣诞老人是**不存在**的。我在钢琴老师的车里看到他的红帽子了。”

公园另一端有几座乔治亚王朝风格的宅邸，还有宛如战舰一般停泊在侧的花园，闪烁着各种光芒。那些宅邸雄奇美观，不可撼动——这让亨利感到自己更加脆弱了。他想象着住在里面的人。那些聪明富有的人，永远不犯错，永远不会崩溃，永远不会搞砸自己的婚姻，也永远不会与儿子们失去共同语言。亨利穿过草坪，沿着池塘绕了一圈，来到离大花园只有五十米远的地方。他停下了脚步。

起初他觉得这是某种恶意的玩笑。他转头寻找偷窥的人，却发现周围空无一人，连牵狗散步的人都没有。亨利闭上眼，平静地数到二十，然后深吸一口气，就像妹妹给他那一堆书中教的那样。他睁开眼，很想放声大吼。周围的花园里全是光秃秃的枝丫，几乎看不到一片叶子，唯独那个花园，就那一个花园，看起来截然不同。亨利看向天空，想知道自己是否弄错了，但是没有——

头顶是浅灰色的黎明，几个顽劣的星辰还在固执地闪烁，月亮只剩下一道模糊的光晕。他再看向那个花园，亨利感到一阵惊惧。

下雪了。是的，只有一座花园，孤零零地下着雪。不是几片雪花，不是薄薄一层雪粉，而是实实在在的雪景，仿佛完全复制了他公寓里那一幅塑料画框里的画。不管亨利怎么揉眼睛，怎么用手指按摩眼皮，不管他怎么摇晃脑袋，那片光景都没有消失。他看见雪了，货真价实的雪。

光秃秃的树上堆积着条状积雪，草坪上覆盖着厚厚的雪被。铁线莲显然不堪积雪的重负，华盖低垂下来。玻璃般晶莹剔透的冰柱挂在栏杆上。水槽上甚至遍布着薄薄的冰片，因为水从管子里漏了出来。雪落在一张铁制长椅上，厚厚的雪粉勾勒出每一根铁条的轮廓。花园通向宅邸的一侧，积雪在阴影里泛着一丝幽蓝的白光。高处一扇窗户里透出灯光，宛如黄色的灯笼，把光芒倾洒在雪后的花园里。他似乎又看见高处闪过一抹红色，仿佛有人发现了他，正在低头张望。亨利再也无法忍受。他跑开了。

整个早上，亨利都惦记着那个雪后花园。不可能是真的。别的花园都没有积雪，公园里也没有积雪，这不合常理。可他的确看见了。妹妹打电话来关心情况时，亨利没敢提起那个雪后花园。他自然也不能对孩子们提起，否则黛比永远也不会原谅他。每次想到这里，他都紧张得想吐。

“我们能拆礼物了吗？”欧文问。

孩子们拆礼物只花了不到五分钟（“亨利，这是什么？”“是北极熊，欧文。”“酷。”欧文说了一句，康纳则一言不发），而妹妹给亨利的礼物又是一本改善自我的书（《学会放松，拥抱压力和恐惧，再次享受生活》）。那天，余下的时间过得比亨利设想的更顺遂。他像以往一样把火鸡切成片，然后用崭新的盘子和餐具给孩子们准备好圣诞午餐。他喝了一小杯红酒，午餐后还跟欧文玩了一盘桌游，康纳则一个人玩起了新收到的电脑游戏。欧文对亨利说起了他们在家里收到的礼物。他们收到了耐克运动鞋。康纳还收到了新手机，欧文则是蓝牙音箱和 iTunes 兑换券。

“我买了 X 的新专辑。”他说。

“X 是什么？”

欧文笑了起来：“你真的不知道？”

“X 是世界上最有名的人。”康纳咕哝道。

“X 是个人？”亨利问道。曾经，他了解孩子们的一切。可是现在，他似乎完全无法掌握他们的生活，就像父母必须慢慢退出孩子的成长。

欧文说：“X 唱了搭配你那幅画的圣诞歌。他是全世界的头号人物。”

一提到雪景画，亨利的脉搏就开始加速，甚至在耳边轰鸣起来。他挤出一声大笑，实际上却微弱得几不可闻。“我从来没听说过 X。”他说。

“对了，这是给你的。”欧文从口袋里掏出一个小而扁平的东西，用皱巴巴的麋鹿花纹的彩纸包着，“这是我在学校里做的。”

康纳不耐烦地从沙发一头倒向另一头。

两个孩子的照片嵌在手工制作的纸相框里。欧文用铅笔画了圣诞树和雪橇，还有一片片积雪。两个男孩并肩站在照片里，若即若离，脸上都没有笑容。他们看起来有点迟疑，而且特别孤独。

“哦，天哪。”亨利感叹。他要珍藏一辈子。

第二天，亨利一大早便走进了公园。他几乎没睡着。昨天半夜，他觉得自己肯定是通过雪景画想象出了那个花园，他可能又处在复发的边缘了。然而，他深深感到自从搬进这所公寓，这两天是他最有活力的时候。他在黑暗中迅速穿好了衣服，却在最后一刻陷入了纠结——褐色羊毛帽还是蓝色羊毛帽，他无法抉择。他扣好大衣，手指笨拙地打着滑。随后，他轻轻打开孩子们的房门，两人睡得正熟。

天上太多乌云，看不见星星。周围的建筑物笼罩在夜幕中，徒留高大阴暗的轮廓。他走出门，听见周围传来微弱的响声——电话铃声、乐器演奏声。他很感激几户人家的厨房和卧室里透出灯光，那让他感觉自己不再那么孤独。尽管如此，他还是乐于见到公园里除了他之外空无一人。亨利走到演奏台附近，突然感到一阵心悸。他想象着孩子们在双层床上熟睡的样子，回忆着欧文送给他的照片，他发现自己跑了起来。他只想尽快确认并没有什么雪后花园，然后就趁孩子们还没醒来，赶回公寓。

花园跟他记忆中的样子分毫不差，甚至比昨天更明晰了。雪积得更深，显得更加洁白无瑕。积雪在苍蓝色的黎明中发出盈盈的光，如此柔软轻盈，仿佛由羽毛堆成。房子后门打开，一个穿红色大衣的女人走了出来，亨利顿时感到手脚发软。他垂下了双手，仿佛手只通过一根丝线与手臂相连。他离开了，难以抑制地浑身颤抖。

他只能拼命忍耐，不让牙齿打架。他到店里喝了杯咖啡，好认真思考自己的处境，可是他一开始思考，眼前就会浮现出那个雪后花园，还有穿红衣的女人。当侍应生走过来问他是否在等人，因为她需要用这个座位来接待客人时，亨利才发现自己点的咖啡早已被端了上来，而且已经凉透了。

等亨利回到公寓，孩子们已经坐在餐桌旁了，他们面前摆着一袋切片面包和一罐花生酱。孩子们抬头看着亨利，仿佛已经等了好几天。“你到哪儿去了？”康纳暴躁地说，他两眼发红，仿佛遭到了过度揉搓，这让亨利心里一惊。

“妈妈打电话来了。”欧文说。

“她说什么了？”

“她问‘情况怎么样’，然后又问‘亨利在哪里’。”

“你怎么说的？”

“我说‘他在戴蓝色帽子’。”

“你为什么这样说，欧文？”

“我看见你离开了，不想让你陷入麻烦。”

“我们很碍事是吗？”康纳劈头问道。

尽管开头并不顺利，但那天过得还算平静。亨利没有提起他幻想出来的雪后花园，以及那个穿红大衣的女人。欧文拿出蓝牙音箱，播放他用兑换券买来的 X 的专辑。他向亨利介绍了跟墙上那幅画配对的圣诞歌——他说 X 是位很特别的歌手，所有人都喜欢他，连老奶奶都喜欢他。

“什么？连康纳都喜欢吗？”亨利反问一句。让他惊讶的是，康纳大笑起来。

“妈妈很喜欢 X。”欧文嘻嘻笑着说。

下午，康纳问亨利要不要玩电脑游戏，随后亨利提议过一会儿去吃比萨，然后看电影。孩子们一致认为他们更想待在家里吃昨天剩下的火鸡。孩子们洗澡前，亨利去买了除虱药。过后，他又帮孩子们把药膏洗掉，用长齿梳给他们仔细把头发耙了几遍。亨利看着他的两个孩子，他们湿漉漉的头发贴在头皮上，两个人背对着他，穿着睡衣看电视——他停下了动作。亨利突然感觉自己做了一切能做的事情，并且觉得已经足够了。

那天晚上，确定欧文睡着后，亨利把头靠在上铺边缘，对儿子讲述了那座雪后花园。他只想说出来，仅此而已。他需要把那些话和光景从脑子里移走。他轻声描述了堆积白雪的树枝，还有水槽和栏杆上的冰柱，边说边凝视着欧文熟睡的脸。他已经好久没有体会过这几天的感觉了——充满活力和能量。他每天醒来，最先想到的就是两个孩子；每天入睡，最后念及的依旧是两个孩子。即使是睡着了，他们也会带来奇怪的梦境，比如梦境里孩子们一边跟他玩桌游，一边听音乐，或是他对孩子们讲述自己的童年。以前有过这种经历吗？或许是他忘了，可他觉得自己从未有过这样的满足感。

他低头去吻欧文。当亨利走开时，才意识到自己对儿子说了“我爱你”。那句话来得无比自然，倾诉得无比流畅，就像飘落的雪花一般轻柔。

翌日是孩子们与亨利在一起的第四天，很难相信他们在这里的日子已经过半。他短暂地想起了雪后花园，随即告诉自己不能再去了，因为完全没有去的理由。那里根本没有雪后花园，穿红衣的女人也是幻觉。而他的孩子，他们都是真实的。他绝对不能毁掉刚刚才与康纳和欧文建立起来的感情。等他把孩子们安全送回黛比那里，他就去看医生。他必须承认自己又开始出现幻觉，也必须坦然面对后果。

所以，当房门猛然打开，两个孩子穿着滑雪衫，带着新雪橇，装备齐全地走出来的时候——欧文戴着羊毛绒球帽，康纳抓着毛线帽，亨利着实吃了一惊。欧文骄傲地抱着雪橇，康纳则把雪橇夹在胳膊下，仿佛自己是不小心在路边捡到了它。他不好意思看亨利，只是不停地努着嘴，似乎很想去又不愿开口承认。

“我以为你要带我们去看那个花园，”欧文说，“有积雪的花园。”

“哦，不，”亨利飞快地站了起来，“我不能，真的不能。”

“为什么？”

“因为……那是座私人花园。懂吗？我们进去就是擅闯民宅了，所以我不能带你们去。”他感到浑身都在冒冷汗，心跳越来越快。

欧文一言不发地拉开滑雪衫，扯掉头上的绒球帽。他的头发爹开，像静电球一样，那一头金发颜色是如此浅，接近白色了。实在太过分了。亨利根本不该提那座花园，就像他一开始就不该说会下雪。他根本不该把那幅画买回来——

“去他妈的！”康纳怒吼一声，把毛线帽和雪橇扔在地上，“如果你不带我们去看，下雪他妈的还有什么意义？”

“你什么时候开始在家里说脏话了？”亨利惊讶地问。

“你什么时候变成一个浑球了？”康纳反问道。

亨利大步向前走着，孩子们很难跟上他的脚步。雪橇一直在妨碍他们走路，可亨利并不在乎。他就是想让孩子们受点苦，因为这点苦根本比不上等会儿他们将要品尝到的失望。他看到街角一个女人定定地看着孩子们身上厚重的装备和手上的雪橇，外面天气又那么温和，这让亨利感到一阵愤怒。他立刻放慢了脚步。

“孩子们，需要帮忙吗？”他问。

“我们自己能搞定。”康纳回答。

“谢谢。”欧文补充道。

他们拐进了公园。

青草在黎明中散发出盈盈蓝光，树木在天空的映衬下显得有些发灰。只有在东边太阳升起的方向，才能看到云层之间露出一道殷红色的光芒。

亨利多么希望这段路能再长些。他从公园门口就能望见对面那些乔治亚王朝风格的宅邸闪烁着光芒。他带着两个孩子穿过露天演奏台，又路过了池塘。亨利感到手脚发软，心中压着一股沉重的恐惧。他几乎喘不上气来，也不敢再抬起头，只能盯着自己的双脚。

“我看见雪了！”欧文喊道。

“天哪！”康纳喊道。

雪后花园就在那里，恰如亨利的记忆，也跟那幅画一模一样。就像一个童话世界——树枝上落满了厚厚的白雪，地上铺着缓缓起伏的雪褥，透明的冰柱倒挂在栏杆上，冰封的露珠如同玻璃球一样附着在植物根茎上。花园中央站着一个身穿红色大衣的女人。他不知道该哭还是该笑，这两种情绪似乎紧紧地结合在了一起。他感到一阵眩晕，生怕自己会失去意识。

女人看到亨利，朝他挥了挥手。“我之前在这里见过你，对不对？”她喊了一声，声音意外地缓慢而深沉。随后，她朝栏杆走了过来，双脚偶尔在雪地上发出了嘎吱声。她比亨利以为的更年长，皮肤满是皱褶，但看上去非常柔软，花白的头发优雅地披散下来。不过，在白雪的映照下，她的面孔显得美丽而自信。亨利见她走近了，她的大衣更像是一件抓绒衫，还用银线在领口底下绣了个小小的“X”。外套拉链一直拉到了顶端。

“你真的认识她？”康纳小声问。

“你好啊。”欧文喊了一声。

“这两个是我儿子。”亨利解释道。他的声音堵在喉咙里，几乎难以发出清楚的声音。

“他们想进来看看吗？”

亨利有点犹豫：“我们还是不打扰了……”

“想！”康纳打断了他。

“是的，麻烦你了！”欧文高兴地说着，转头看向亨利，露出灿烂的笑容。

女人从外套口袋里拿出一把钥匙，插进栏杆的某个部位。一扇门悄然打开了。

“请进吧。”她说。

康纳点头致谢，抬脚走了进去，欧文紧随其后。他们像抱浮板一样紧紧抱着雪橇。亨利留在公园一侧，看着他们。

“去玩儿吧，”穿红衣的女人说，“尽情玩儿，因为别人都欣赏不来这片雪景。这里原本是用来拍摄的布景，最后唱片公司改变了主意，中途取消了。不久之后就会有人过来，用大吸尘器把这些雪都吸走。”

孩子们先是小心翼翼地走了进去，不太确定脚下的路是实心的还是只有一层薄冰。随后，他们转过头，看着自己留下的脚印，大声笑了起来。他们伸出手，轻轻触碰树枝上的积雪，然后跪下来掬起一捧雪，随后，两人越来越大胆，开始互相扔雪球，让一个个松软的雪团划过空中。欧文捡起一根小树枝放进嘴里。

“不准吃！”亨利叫了一声。

穿红外套的女人笑了。“这东西很安全，是用卷烟纸做的。部分树枝甚至有股薄荷味。这两个孩子真可爱，我很高兴你把这座花园的事告诉了他们。看他们在这里玩耍，我很开心。”

亨利点点头。他肚子里翻腾的奇怪感觉究竟是什么？“你可能无法理解，”他说，“但这只是表面上的结果。”他开始大笑，然后再也停不下来。

亨利站在穿红衣的女人身边，笑着看他的孩子们扔下雪橇，跳上去，用双手往前滑。没有必要说话。他转头看了一眼公园，连它的平凡都显得无比美丽。他突然感到异常疲惫，他确信自己能直接倒在冬日发白的草地上，沉沉睡上几个小时。

一只温暖的小手握住了亨利的手，轻触他的指尖，随后用力捏了捏他的手指。可是，随之而来的声音不是欧文尖细的嗓音，反倒有点嘶哑和不确定。

“爸爸，我们只是想跟你在一起。”

“妈，你知道吗？”那天晚上，欧文说，“新年前夜我们要去吃中餐。还有，这里下雪了。”他突然停下来，把电话递给亨利，“她要跟你说话。”孩子小声说完，咬住了嘴唇。康纳凑过来，朝欧文扮了个鬼脸。亨利接过欧文的电话。

“嗨，黛比。”他说。

“下雪了？”这句话不像提问，更像指责。

“从某种意义上来说，是的。”

他们沉默了片刻，亨利想象着黛比先是做了个深呼吸，然后咬紧牙关。可是，她竟笑了起来。“你这老浑蛋，怎么做到的？”

一定存在某种解释，因为一切事物总会有解释，因为只要你努力去寻找，总能找到一个合适的词。你可以称之为幸运、直觉、神迹、魔法，或者非常实事求是地称其为碎纸糊——不过这次，亨利不打算安上任何名称，也不打算解释。今天发生的一切有种极为纯洁的特质，虽然微小，却无法用言语来形容。

圣诞节下雪了，一如亨利对孩子们的承诺。如此足矣。

圣诞节我要回家

I'll Be Home for Christmas

“大家都记住！”西尔维娅提高音量，声音也尖厉起来，“X 不希望小题大做！他只要一个普通的家庭圣诞！你们都听到了吗？”

她眺望着眼前这片派对纸帽的海洋，心猛地一沉。客厅里有这么多人，而她认识的还不到一半。她最后一次看向窗外时，外面整条街都停满了车。至于屋里，三间卧室全被征用为衣帽间，她根本无法想象，X 到达后行李箱要往哪儿放。

苍白细瘦的女孩们身穿红色抓绒衫，衣服背后都绣着一个巨大的银色“X”。她们全都来自唱片公司，个个盯着手机，显然都在发推特。早些时候西尔维娅要给她们泡咖啡，然而她沮丧地发现，这些姑娘只愿意喝无咖啡因饮料，于是她只好派女儿玛丽跑出去买花草茶。结果玛丽气愤不已，成了房间里唯一一个拒绝戴派对帽的人。

至于其他人，天知道他们为什么会出现在这里。有些人只在 X 很小的时候和他打过照面，其他人根本见都没见过他。还有一些人好像跟西尔维娅的两个姐姐有点关系。（黛安，西尔维娅的长姐，正穿着一身崭新的蓝色裤装西服，搭配丝绸衬衫，完美衬托出了身体的线条。琳达，二姐，直接从美发店赶过来的，今天她选择了典雅别致的风格，一侧头发比另一侧剪短了两英寸。每次和她说话，西尔维娅都不得不忍住往左歪头的冲动。）屋里每张椅子都坐着至少两个远房亲戚。上了年纪的叔公叔婆挤在墙边，兄弟姐妹和远房老表在飘窗旁扎堆，姐夫、妹夫、外甥、侄女，还有他们各自的家庭都围在餐桌旁。西尔维娅的母亲端坐在沙发上，被两个护理院的员工挤在中间，好几个孩子已经开始享用自助餐。与此同时，一条狗（究竟是谁连狗都带来了？）趴在角落里啃咬着什么东西。

西尔维娅拍拍手，再次发出尖厉的声音。“X 只想我们像平常一样！你们都听见了吗？”她激动得快窒息了。

房间另一头，马尔科姆移开目光，朝自己脚上那双暇步士鞋叹了一口气。玛丽紧紧抱着新买的靠枕。她今天穿了一身黑，连头发都没梳。

“我累了，妈。”几天前，X 在电话里对她说，“我想你们了，我想回家过圣诞节。”

可他们已经过完圣诞节了。她笑了几声，并没有提及那天她等了一整天电话。

“哦，”他应了一声，似乎觉得自己应该意识到这点，“好吧。”没等她继续说，信号就断了。西尔维娅重拨过去，电话被转到了语音留言箱。她拨了一次又一次，每次都一样。早知道她就不该告诉他错过了圣诞节。她怎么这么不识相？

“有点不对劲。”她半夜醒来，打开床头灯。

“小西，你消化不良了？”马尔科姆摸索着找到了阅读眼镜。（这玩意儿能管什么用？）

“我们得联系 X。”

“性[①]？”他眨了眨眼，似乎还没睡醒，但已经有些警觉。

“X，”她说，“你儿子。”

“你说蒂姆？”

---

① 性（sex）与 X 发音相近。

"我说 X。"

"他很好，棒极了，他是全世界的圣诞排行榜榜首。我们能继续睡觉吗？"

"睡觉？"她尖声叫道，"睡觉？就算房子着火烧没了，你也能睡得像死猪一样。我们现在就给他打电话，邀请他回家过圣诞节。"

"西尔维娅，我们已经过完圣诞节了。"这句话从马尔科姆嘴里说出来，听上去更糟糕了，"你不觉得每年过一次就够了吗？"

"再过一次。最近很多家庭都是这样。给。"她说着把床头的电话递给他，"已经拨出去了。"

"我还以为你要自己跟他说。"

"他会觉得我在瞎操心。"

"你确实是瞎操心。"

"跟他说说话就好，行吗？"

"爸？"电话那头传来 X 轻柔的声音，她感到一阵心慌意乱。自从 X 出名之后，她就很难平静地接受这种称呼，可是不管她在哪里听到他的声音或想到他，都会不由自主地心悸。"儿子，你在哪儿呢？"马尔科姆问。西尔维娅把耳朵贴在他长满绒毛又温暖的脖子上，听见 X

说："不知道，可能是中国吧，我忘了。"自己的孩子怎么会跑到离家这么远的地方？就好像西尔维娅身上的一小块肉被挖出去了，一小块光彩夺目、让她几乎认不出来的部分，跑到了可能是（也可能不是）中国的地方。

"叫他回家过圣诞节。"她急切地耳语道。

当然，如果她自己打电话，肯定会问一些很实际的问题——你想吃什么？能待几天？可是马尔科姆一句话都没问，最后只打听到了 X 两天后回家，不想要什么特殊待遇，只想过个普通的家庭圣诞。"问他要不要火鸡，"她拍着双手，轻声说，"还有装饰。"

"再见啦，儿子。"马尔科姆打着哈欠说。

"他说什么？他想要什么？"

马尔科姆温柔地笑了笑，还挤出了一道媚眼。"小西，他说的每个字你都听见了。他说'不要特殊待遇'，他不想让你瞎操心，亲爱的。"

"可他半年没回来了。搞个小吃自助怎么样？"

"小吃自助就是瞎操心。"

"嗯，我敢肯定他会喜欢小吃自助。"她说。

"不要特殊待遇。"第二天清晨，她一边翻着菜谱，一边对自己念叨。这些菜好像都配不上她那个全世界最出名的儿子。“不要特殊待遇。”中午，她在和姐姐们通话时满不在乎地说，随口提了一下自助餐的事。“**不要特殊待遇**。”她一边嘟哝，一边拌蘸汁、做肉馅饼、准备精致的吸管、做香肠卷、把姜汁饼干糊切成雪片的形状冻起来。他小时候可喜欢这些了。她又为做冷肉盘重新腌了一只火鸡，还烤了新的圣诞布丁。

“你没叫别人来参加自助餐吧？”马尔科姆发现冰箱里放着烤火腿，还有装在保鲜盒里的香芒鸡，六十个酥盒，以及一块水煮三文鱼。

“哦，就请了两个姐姐。”西尔维娅并没有提到她姐姐提议把整个家族都请过来。她总喜欢说一些不完全正确，但听着更简单的话。

“你这么操心到底有什么意义。”玛丽说。

西尔维娅买了新靠垫来装饰客厅（旧的用了很久了，正好该换新的），还买了一套圣诞桌布来装点餐桌，配上了同色系的红色餐巾，还置办了一盒盒纸帽子和派对礼花。“**不要特殊待遇**。”她哼唱着那句话，把整个房子都打扫了一遍。擦亮窗户，刷洗水槽、浴缸和两个洗手间。“**不要特殊待遇**。”她大声说着，从花草市场捧回一大堆一品红，东西多到她都看不见马尔科姆的拖鞋就摆在门厅，结果脚下一滑撞到门框，还划破了脑袋。“不要特殊待遇。”姐姐们打来电话，商量她们该为自助餐做点什么时，她一边这样提醒，一边和她们讨论准备甜点还是咸味小吃。

“我自己能搞定。”西尔维娅对她们说。

“我们两种都带吧。”姐姐们说。

“我回家的时候你从来不这样。”玛丽坐在沙发上，看着西尔维娅又给圣诞树加了几个小饰物。她把脚搭在了其中一个崭新的靠垫上。

“你只是从阿伯里斯特威斯回来，我们每个周末都能见面。”

“哦？那如果我像蒂姆一样离得远远的，从来不打电话回来，你就会为我买派对纸帽？”

“是 X。”西尔维娅说，“他不希望别人叫他蒂姆。”

“你跟其他人一样没救了。”玛丽对着手上的杂志说。杂志封面是 X 的照片，他在笑。他的照片被叠加在一张随处可见的照片上，就是穿红色大衣的年轻女人那张。西尔维娅没见过那张照片，“对了，你知道他不会唱歌吧？”

“亲爱的，我能看看那张照片吗？”西尔维娅说。

玛丽将杂志举在自己的脑袋前，仿佛在强调自己的观点。只要她想，就能变得特别烦人。

X看起来有点不一样了。他的脸更光滑了，但黑了一些、尖了一些，甚至显得更老成了。西尔维娅忍不住想，姐姐们看到这本杂志会作何反应？她得假装把杂志随意地丢在什么地方——不如就放厨房吧，她们肯定能看到。要让杂志看起来只是碰巧放在那里、准备拿去扔了，只是还没人动手而已。这种感觉既奇怪又美好。两年前，她儿子还是平凡的蒂姆，以平凡的成绩从学校毕业——不像他那两个表哥，已经上了牛津大学。他连份工作都找不到，一直窝在房间里摆弄吉他。家里更有才华的人是玛丽，她才是真正的音乐家。（假设打鼓也算搞音乐，那就是玛丽和马尔科姆。不过西尔维娅觉得马尔科姆不算，她坚持让他把鼓放在仓库里。）在学校总能得歌唱比赛冠军的人也是玛丽，客厅里摆满了她的奖杯和花结。后来蒂姆在视频网站上发了几首歌，就获得了一百万次点击，紧接着，一个深夜音乐节目的星探就打电话来了——最后，蒂姆大出风头。“我要改名字。”他拿到唱片合约时，向家人坦白。“X？”西尔维娅重复了一遍，“X？”“如果我还叫蒂姆，”他说，“那我就始终是从前的我。”“好吧。”她表示理解，但完全无法理解。她并非始终喜欢当西尔维娅，她也想成为她的姐姐们，可她从来没想过换个名字就可以更加闪耀。她总觉得改变应该更复杂一些。

现在，西尔维娅看着那堆派对纸帽，呼吸越来越急促。它们就像一屋子鲜艳的船帆，个个满怀期待地挤在客厅里。事情已经改变了。这段时间，甚至有根本不认识的人在街上把她叫住，直言自己有多么喜欢她的儿子。平时，家人都会去她两个姐姐的家里开圣诞酒会，因为地方更大。他们好多年没来西尔维娅家了。“X随时都可能到！”她高声宣布。随后，她小心翼翼地穿过几个跪在地上的外甥女，还有几个来自唱片公司的白皙女孩，拿起一碗全麦棍饼干零食。她实在太紧张了，险些没拿稳。接着，她又示意马尔科姆给客人发酒水，可惜他没明白，只朝她挥了挥手，就继续跟一个远房表亲聊天了。“去拿饮料！”她压低声音，对玛丽说。

“为什么要我去？”玛丽龇牙咧嘴地回了一句。

玛丽起身去拿饮料，西尔维娅则对母亲的护工讲起了X的故事。她们总是听不够。她说起带X去看《托马斯小火车》的事，那时他才三岁，边看边挥着小手。她还说起了有一次他摔破膝盖，却一滴眼泪都没流，只微微笑了一下。“X 一直都很特别，”她说，“你知道他见过奥巴马吗？”

“天哪！”护工惊叹。她们都不知道他见过奥巴马。

“真的，”西尔维娅说，“奥巴马把他请到白宫开了一场私人演唱会。他们都是 X 的忠实粉丝。‘死忠粉’。”她又说了一遍，仿佛很喜欢这个词，“真的特别忠实。”

“亲爱的西尔维娅，X 是谁？”她母亲问道。

“X 就是蒂姆，妈妈。你还记得吗？”

“你为什么管蒂莫西[①]叫 X？”

“因为他是举世闻名的流行歌手。”西尔维娅意识到自己说话的声音很大，其他人都在倾听。她意识到自己的声音有点失真了——似乎更开朗，更灿烂，“现在全世界都知道他，他甚至不能一个人去逛商店。”

“他本来就不逛商店。”玛丽推着餐车走出来，车上放着酒水，“他从不离开他的房间。”

“那人们为什么不管他叫蒂莫西？”西尔维娅的母亲

---

①“蒂姆”是“蒂莫西”的昵称。

又问。

“妈妈，我们已经谈过这个，而且谈过好几次了。蒂姆曾经是蒂莫西，可现在是 X。”她身上的光芒突然暗淡下来，反倒有点像她以前的数学老师了，“所以我们不再管他叫蒂姆，而是叫 X。你懂了吗？”

“跟 Y 相对。”玛丽凶巴巴地走过来，给上了年纪的叔叔舅舅发啤酒，“你们要吸管吗？”

“蒂姆现在叫 Y？”她母亲问。

“你吃全麦棍最好拿块纸巾接着。”西尔维娅说。

门铃响了。**叮咚！**所有人霎时静止了。

“哦，我的天。”一个年轻的女人尖叫道，“是 X！”狗开始摇尾巴，一只耳朵转向大门方向。

“大家手上都有礼炮吗？”西尔维娅急切地喊道，“玛丽，欢迎横幅准备好没？”玛丽面部抽动了一下，仿佛被人狠狠踩了一脚，西尔维娅顿时希望她把欢迎横幅交给了一个心理不那么复杂的人，比如她母亲。

啊，可是她母亲的派对纸帽滑了下来，变成项链了。连她自己都仿佛要陷进两个护工的身体之间了。

西尔维娅走向客厅门。打开门的瞬间，她看见儿子映在大门上的轮廓，随即转头看向那一张张满怀期待的脸。她告诉自己要保持冷静，保持冷静，她从未有过如此万众瞩目的感觉。她一辈子都笼罩在两个姐姐的阴影之下。她们才是聪明的学生，她们才有天生的好身材——西尔维娅的大腿和肚子上总是很容易攒肉。她们才能约到文法学校那些聪明的男孩，还各自嫁了一个律师。她转头看向人群，一根手指抵在嘴唇上示意大家安静，随后惊讶地发现，所有人都安静下来，就像等待指挥棒发令的合唱团。她穿过门厅，准备迎接那个全世界最有名的儿子。她的心疯狂跳动，仿佛是被握在了手心里一样。

X站在门外，穿着一条破洞牛仔裤，还有一件柔软的灰色T恤。他靠着门框，仿佛马上就要睡着了。是的，他有点不一样了，可这并不是西尔维娅期待的样子。这种感觉如此熟悉，可她却难以形容。“嗨，妈。”他咕哝着，羞涩地笑了笑，于是西尔维娅也笑了。她曾经想象过这个场景，想象自己走上前拥抱X，所有人齐声欢呼。可是现在，她不知道该说些什么，甚至不知道该做些什么。她摘掉了派对纸帽。

一个同样身穿唱片公司红色外套的矮胖女人抓住了西尔维娅的手。她身后站着一排西装革履的男人，个个人高马大，把光线都挡住了。他们全都胖得没有脖子，双腿分开，恭敬地站在门口。他们双手交叠，护住下身，仿佛开启了休眠模式。

“嗨，X夫人。”穿着红外套的女人说，“我叫波茨。你怎么样？”

“很好。”西尔维娅说，发现自己另一只手还捧着装全麦棒的碗。

波茨说：“你的儿子太棒了。X真的需要休息，他……你懂吧。”

什么？西尔维娅想，他怎么了？唱歌唱多了？东奔西走太忙碌了？她毫无头绪。还有，他的行李箱呢？他一点行李都没带，连件大衣都没穿。

“超乎想象。”波茨似乎在暗示答案。她拉长了脸，眉毛之间仿佛端着某个难办的事情。没等她进一步解释，客厅门就开了一条缝，一个年轻女人（西尔维娅根本不知道她是谁）瞥见X，倒抽一口气，眼泪唰地流了下来。

“她还好吧？”波茨问。

客厅门又打开了一些，一双主人不明的手轻拍着哭泣的女孩，领着她躲开视线的焦点。随后，门关上了。

“快请进吧。”西尔维娅用上了最大方得体的声音。

波茨说她还有点事情要处理，不过很快就回来。随后，她从屁兜里拿出手机查看日程——她两个小时后来接 X 去机场。

“为什么？他在机场有活动吗？”西尔维娅问。

波茨大笑几声，仿佛她的话特别风趣。“他要赶晚上九点的航班，电视摄制组成员将在一个小时内抵达。”

“摄制组？”儿子很快就要离开以及摄制组要来的消息让西尔维娅一时不知该说什么。

“他们不想做什么**特殊**的事情。就是想拍拍你，比如——正常的样子。那样会很可爱。”波茨噘起嘴，让最后那个词听起来像“阔爱”，“你不需要盛装打扮什么的。”

我现在**就是**盛装打扮，西尔维娅想。

她说：“你们几位……？”（你该管保镖叫什么？你该管一队保镖叫什么？她姐姐的孩子可从来没请过保镖。）“你们几位**伙计**要不要进来？”

“不，谢谢你，X 夫人，”其中一个人说，“我们就在外面看着。”

西尔维娅转向她的儿子，总算察觉到他哪里不一样了，这让她感到震惊。因为他不一样的地方就在于，他**并没有**不一样。他完全没有改变。如果非要说的话，那就是皮肤有点发灰冒油，下巴上长了几颗痘。他的嘴很小，还有点干裂。他的脸和杂志封面上的完全不一样。哪怕路上有人径直从他身边走过，也不会认出他就是X。

波茨大步走向她的车（更像一辆装着黑玻璃的坦克），车子正堵在路中间。已经走到一半了，她又突然回过头来，仿佛想起一个笑话："啊，圣诞快乐，嗯？"

走在门厅通往客厅的走廊上，事情发生了变化。X变成了西尔维娅在电视上看到的那个男孩。她伸手去开门，同时向他解释家里来了几个亲戚，不知他是否介意。他一句话都没说，只是闷头向前走着。她不禁想，这一切要怎么收场？客厅门打开，人群爆发出欢呼，X一个闪身便冲到她前面，挥手大喊："你们好！"亲戚们纷纷惊叹，抓着他的袖子问："X，你怎么样，过得还好吧？"他发出富有感染力的笑声，说自己**酷呆了**。"瞎扯吧！"黛安说。（**瞎扯**？西尔维娅想，她什么时候学会说这个了？）**啪、啪、啪**，礼炮纷纷拉响，爆发出五颜六色的烟雾。屋里所有人都显得单调平庸，唯独X释放着非凡的能量，仿佛整个人被连接到了一台发电机上，连头发都在活力中微微震颤，还有指甲。每个人都能感觉到他释放出来的热情。

他的光芒也转移了一点到西尔维娅身上，因为她跟在他后面。人们纷纷让开道路，低下了头。

我是他母亲，她想，我是全世界最出名的男孩的母亲。

而不是姐姐们。

她给两个姐姐拿了一碗东方小吃。“保镖们会在外面等。”她说。

两人看起来就像被好奇心的巨兽生吞了一般。琳达的眉毛高高耸起，隐入斜刘海。“*保镖*？”

“是的，他们要为摄制组提供保障。”

“*摄制组*？”黛安兴奋得把新买的夹克衫都撑开了。

这时，X 给刚才突然哭起来的女孩在手臂上签了名，然后又签了一个，再一个，一个接一个。他亲吻了黛安姨妈和琳达姨妈，称赞了她们的服装和发型。（“都是身旧衣服啦！”黛安谦虚道。“瞧我这头乱糟糟的头发！”琳达嬉笑着说。她们都退回到小女孩的模样。*那我的发型呢？*西尔维娅想。）X 配合在场的少男少女自拍，也是一个又一个。他也会像小孩儿一样扮鬼脸，只是看起来不蠢也不呆，反而更加讨人喜欢了。他找到西尔维娅的母亲，握住了她的双手。

“谁要吃自助？”西尔维娅喊了一声，这次没有人理她。

马尔科姆双臂交叉在胸前，困惑地看着儿子在屋里转悠，仿佛阳光照进了眼睛里。

的确，当X来到人群面前时，他会发生某种变化，与此同时，人们见到X的瞬间也发生了某种变化。这就像某种电力加成，能够汇集成比原本的单体更为庞大的东西。但西尔维娅无法理解这一切是怎么发生的。她在走廊上看到了儿子，他显得如此苍白，就像一张吸墨纸。现在，他似乎对每个人都有着特殊意义。在孩子们眼中，他是个酷小孩；在女孩们眼中，他是理想恋人；在年长的亲戚们眼中，他是个乖孩子；在姨妈们眼中，他是个迷人的小伙子。他背负着这么多重担，却没有一样属于他自己。突然，她眼前浮现出他的儿子被淹没在一堆行李箱之下的画面，再也看不见人。这很讽刺，因为他这些天来一直在外面跑，却连一只自己的箱子都没有。

“嗷，嗨！”X看见那条狗，弯下腰来温柔地打了声招呼。连狗都连连摇尾，表现得像只电视上的明星狗。一大片手机被举过派对纸帽，人们纷纷按下快门。

玛丽大步走上去，僵硬地朝他伸出手。很难猜测她究竟是在欢迎他还是驱赶他。“还记得我吗？”她冷冷地问。

X 蹲在地板上抬头看她。“姐，嗨。”

“姐？”她大声说，“你现在到底是谁啊？”

X 看看周围的人群。“X。”他笑了起来，所有人都跟着笑了。他是 X。当然，他是 X。玛丽在说什么呢？房间里弥漫着一股新的张力。

“你要喝啤酒不？”她问。

“酷，太好了。”

“自己找冰箱去吧。”玛丽说。

X 的脸霎时失去了血色，他惊恐地环视房间，仿佛早已忘却了找冰箱这种简单的动作要如何完成。如果说之前他像是被连到了看不见的能量源上，现在则像是电线被拔掉了。

“蒂姆？”玛丽喊了一声。

他先是一脸苍白，然后面如死灰。他踉跄了几步，失去平衡，仿佛脑袋过于沉重了。他忽闪了几下眼睛，睁开、紧闭、睁开、紧闭。随后，他的身体猛地一震。

“蒂姆？”玛丽又喊了一声。

他倒下了，突然像一摊烂泥般软倒在地。

西尔维娅装了满满一锅水，放到炉子上烧。她的儿子正趴在案桌上，双手垫着脑袋。

是玛丽出来救了场。是玛丽清空了 X 周围的空间，呼唤父母把他抬进厨房。是玛丽开玩笑说，现在的流行歌星都不像以前那么耐折腾了，逗得所有年纪大的亲戚都用餐巾捂着嘴哈哈大笑。是玛丽大吼一声："谁想玩你划我猜？"并且比画了一个无比滑稽的《春满夏令营》，让现场爆发出热烈的笑声，害得好几个老叔伯们不得不被搀扶着去上厕所。也是玛丽分发了盘子和圣诞餐巾，又怂恿几个姑妈姨妈帮她分发自助午餐。还是玛丽叫来她的父亲，让他把鼓搬过来，自己又翻出了放在 X 房间里的旧吉他，领唱了圣诞热门歌曲。刚才西尔维娅探出头去，发现连狗都戴上了圣诞帽，跟着人们吠叫。

一个半小时过去了，西尔维娅坐在厨房里陪着她熟睡的儿子。房门轻轻打开，她条件反射地跳起来阻挡来者，却发现是马尔科姆。

"他怎么样？"马尔科姆小声问。

她回想起丈夫将儿子抱在怀里，然后扛到肩上，像扛小孩儿一样带他离开客厅的光景。

西尔维娅说："还好。"她问起客厅里的情况，马尔科姆笑了。

"玛丽搞了个舞会，每个人都参加了，没人在意他的缺席。"他从冰箱里拿了几瓶酒，一边开门一边说，"外面好像来了一个摄制组，正在跟你妈聊天。"

西尔维娅朝马尔科姆吹了个飞吻，他一掌拍向脸蛋，仿佛把吻接住了，随后把西尔维娅的飞吻塞进裤兜里，生怕弄丢了。

水开了，西尔维娅放进去一个鸡蛋，调好计时器。然后，她转向儿子，看他把头枕在案桌上，嘴巴张成一个"O"。

"起床啦，"她压低声音说，"我给你煮了个蛋当圣诞大餐。"

他懒懒地说："他们叫我去拍外景，取景地是堆满了假雪的花园。我反悔了，说我不拍。只不过是在堆满碎纸的花园里拍照，为什么我做不到？"

"你累了，你太累了。"

"我在做什么，妈？"他没有挪动脑袋，只是转了转眼睛，仿佛周围都是他难以理解的事物。客厅传来玛丽甜美的歌声，歌唱着她希望每天都是圣诞节。西尔维娅微笑起来。

她想：**谢天谢地，幸亏不是。感谢上苍给我们平凡的生活。**

西尔维娅切掉面包的表皮，然后切出两片，抹上黄油。“小时候我总在姐姐屁股后面转。不管我去哪里，她们好像已经等在那里了。我必须找到她们做不到的事情，可有什么是她们做不到的呢？她们无所不能。”

“最后你做了什么，妈？”

她从沸水里捞出鸡蛋，摆在蛋杯上，用一把小刀敲开。“我成了一名歌手。”

“你？”

她大笑起来。“没错，我。”她又切了几片面包，在盘子里摆成扇形。

“我都没听过你唱歌。”

“嗯，”她说，“因为我唱歌并不好听。”

两人笑了起来。

然后她说：“你做什么我都不介意，因为我永远为你骄傲。”

西尔维娅想到那一屋子戴着派对纸帽的亲戚，想到外面的保镖，还有开装甲车的波茨，以及穿红外套的年轻女孩们。她想到自己此前想象的那一大堆行李箱，层层叠叠压在她儿子头上，于是她想象自己搬开那些箱子，一个接一个，把它们还给各自的主人。有一个箱子是她自己的——里面装满了活得比两个姐姐更好的欲望。她想象自己打开箱子，然后清空。

西尔维娅想象着她的姐姐——穿新衣服的黛安，头发斜剪的琳达。她突然感到一股深情，还有难以言喻的亲情，让她喉咙哽咽。她把鸡蛋放在儿子面前，递给他一瓶盐，还有一只茶匙。

西尔维娅的心跳得缓慢而平静，就像一颗随处可见的平凡的心脏。他儿子吃着煮鸡蛋，就像一个随处可见的平凡的儿子。

种树人和他的二十棵树

Trees

元旦前夜，奥利弗的父亲打电话来，问了个奇怪的问题。“你知道我这辈子最后悔的是什么吗？”

奥利弗说：“爸，我猜不出来。是一事无成吗？”他想通过调侃让这个问题变轻松一些，因为他现在最不需要的就是一场冗长而严肃的对话。奥利弗的女朋友又犯恶心了。他已经打开了公寓的窗子，可是外面飘进来的空气也沉闷不已。空气好像永远不够用。可能是因为他跟小萨住在十五楼，空气本来就稀薄吧。

奥利弗的父亲短促地笑了一下，换了个话题：“你那边天气怎么样？”

“呃……”奥利弗盯着窗外，天空低沉凝重，泛着灰烬的颜色，“跟昨天一样，跟昨天的昨天也一样。”

“啊，好吧。”他父亲应了一声，语气再次严肃起来。

“你怎么样？”奥利弗问。

“嗯，我也一个样。”

“好吧。”奥利弗说。

“嗯。”他父亲说。

父亲总会让他失望。他清楚记得自己小时候求父亲盖个沙堡，而父亲始终躺在沙滩椅上，起都没起来。这就是他的父亲，从过去到现在。只要没发生天大的事情，他就尽量不动弹。每年夏天他们都会去同一个假日野营地住上两周，而野营地甚至就在他们住的那个郡，离家只有半小时车程。奥利弗长大后，开始与父亲为各种琐事争吵，电视节目、政治、音乐、着装、语言——一切的一切。那天，奥利弗告诉父亲，自己被一家戏剧学院录取了，父亲全程没有停下看报纸的动作。后来父亲问，他难道不知道所有演员都是同性恋吗？那年奥利弗十八岁，脑子里时刻想着女人，可是他赌气回答：“很好，我这就把皮衣皮裤都准备好。”母亲充当了他与父亲之间的桥梁，她去世后，奥利弗就极少回家。他每周日都会打电话给父亲，话题仅限于天气和交通新闻。有了这两个话题，他们的关系看似安全了一些。奥利弗的前女友说，他该多回去看看父亲。“我喜欢他，”她说，“他只是个孤独的老人。”她当然无所谓了，毕竟她与他见面的次数屈指可数。

“我在想，你要不要过来。”他父亲说。

“爸，你说现在？今天是跨年的日子。”

“没错，我知道。”父亲说完就再没吭声，仿佛在等奥利弗改变主意。从对面的沉默猜测，他父亲准备等很长时间。

奥利弗感到浑身发冷。他一直都假装自己有拍摄工作，以此逃避回家见父亲。事实上，他无事可做。自从上次那个套着巨型麦片戏服四处蹦跶的早餐麦片粥广告过后，他就没有接到任何工作。他不知道自己该如何照顾小萨和他们的孩子。他们的圣诞大餐是坐在电视机前吃烤豆子配吐司，之后，小萨就去参加聚会了。她说，女孩子怀孕时需要放松一下，还说：“我真不明白，自己当初怎么就答应你留下孩子。”

所以，他父亲究竟因为什么而如此后悔，甚至要在元旦前夜见到奥利弗？他是希望自己读过一本以前没读过的书？或是看过某场电影，到国外旅行一趟，做些可能让他学会三思而后行的事？不，他父亲显然不会这样。他父亲说：“我真后悔当初没有多种点树。”

奥利弗挠了挠头。这是他感到困惑时的习惯动作。

“树？”

“对，树。”

“可是爸，你一棵树都没种过。”

他父亲闷哼一声，仿佛被人打了一拳。随后，他发出了一串轻微的笑声。

“爸？”奥利弗有点担心了。

他听到父亲擤鼻子的声音，当他再次开口，声音十分沙哑，就像是在暴躁地低语。“没有人种够了树。我要种二十棵树，奥利弗。我需要挽回一些事情。”

奥利弗的父亲从来没有透露过种树的意愿，他甚至连种花都没提过。他现在还住在奥利弗长大的那个家里，后院是一堆杂乱的石板和醉鱼草，两者都长时间无人看管。奥利弗的母亲曾经提出在屋前摆些花盆，因为那样既美观，又能体现出房屋主人的高雅气质，可他父亲用水泥填满了窗前的小槽。当母亲看到父亲的所作所为并发出狐狸一般的尖叫时，他父亲说：“我以为你想保持整洁。”他母亲反驳：“我想让它漂漂亮亮的。”于是父亲挠起了头，仿佛不明白“干净”和“漂亮”有什么不同。他不是那种爱搞园艺的人，如果一株植物开了花，他就管它叫花，如果一株植物只有叶子，他就管那叫草。

奥利弗抵达时，已经是晚上了。天早就黑了。父亲站在凸窗前等着他，甚至没有像奥利弗母亲生前一样躲到凸窗一边，假装自己丝毫没有料到奥利弗会来，只是正好路过前厅，检查窗帘上是否有破损。他父亲收起纱窗，笔直地站在窗户正中，宛如一棵人形圣诞树，只不过他穿着一件褐色套头衫，而且全身没有半个彩灯。

奥利弗打开大门（挂在仅剩的一条铰链上摇摇欲坠），走上庭院的水泥小路（已经开裂）。门闩发出了熟悉的金属碰撞声，他想起自己儿时住在眼前这座房子里的时光，那时他总在等待一些事情，等待他的人生变得更高远。现在，情况似乎颠倒过来了。他成了房子里的父亲，而父亲则成了那个男孩。他弓着身子钻过门框，并非因为他曾经在那里磕到头，只是因为他突然觉得自己会磕到头。

“带树来了吗？”他的父亲在前厅问道。

门口传来鸡汤的气味。这里总是弥漫着那股气味，厚重、阴沉，习惯一段时间后就能遗忘，但是久别重逢时总会给人带来冲击。奥利弗的母亲在世时，这座房子总是充满了她的气味，甜美而忙碌的气味。现在她去世了，只剩下鸡汤味孤独萦绕，仿佛连它也成了鳏夫。

奥利弗说他带来了，把树带来了。

“都是些好树吗？”

“爸，树看起来一个样，都在车里。”

暖气片上晾着父亲的袜子，还摆着几张钞票和医院寄来的三封未拆封的信。深盘比萨买一送一（活动不包括芝心比萨皮）。一张圣诞贺卡翻开了，露出雪地里的姑娘。这张照片从十一月起就流传得到处都是。奥利弗正要偷看一眼卡上的字，他的父亲却走了出来。

“我想要苹果树，”父亲说，“或者银桦树。”他穿着方格衬衫和套头毛衣，但他应该扣错了扣子，因为衬衫左边领子被压在了毛衣底下，而右侧下摆则像一面旗子似的迎风招展。他的脖子瘦得就像小鸟脖子。他瘦了吗？他的脸显然比以前更严肃了，他还格外仔细地梳理了一番，头发宛如一根根细线横亘在头皮上。不过，他什么时候这么了解树了？

奥利弗为这些树大费周章。他把问题告诉了小萨，还解释说他父亲从来没提起过树，也没提起过想种树，而且父亲的声音让奥利弗觉得事情有异。小萨说：“什么？今天是跨年的日子，我还怀着孕。”“我知道，”奥利弗说，“我知道，可他是个老人，而你的预产期在六月。”他可能不该那样说话，最后证实的确如此。小萨一把抓起外套，跑了出去。“你就别费心找我了。”她咬牙切齿地留下一句话。后来，奥利弗给当地一座园艺中心打了电话。最近他实在做了太多错事，至少现在想做对一件。他向接电话的人咨询了树的事情，那个人说，如果奥利弗真的想要，他能想办法凑二十棵。园艺中心的人似乎对树这件事很积极，还答应说，尽管今天是元旦前夜，但愿意多营业半个小时，等奥利弗开车来取树。太棒了，奥利弗回答。完美。他挂上了电话。

随后他想起来，自己已经没有车了。

“你想借车？”宾尼说。他的前女友似乎无法直视他的眼睛，一直死死盯着他左肩上的一点。

“真的很抱歉，宾。”奥利弗不断重复着这句话，而且他是真心的。她站在那座他度过了三年快乐时光的房子前，又一次穿上了绿色丝绒上衣和宽松的裤子，脚踩一双蓝魔大脚拖鞋，此情此景，他心中滋生了深深的歉意。他对不起眼前的一切。

“明天还给我。”她递过钥匙。

“如果你需要，我几个小时后就还给你。”

“我暂时哪儿也不去，明天还给我就好。”他们安静下来，不知还能说什么。房子里散发出一股他从未注意过的气味，气味如此饱满，就像这里多了个人。

“玫瑰精油。”宾尼似乎看透了他的想法，“一个老朋友过来喝了杯咖啡。我一度担心我们之间再也没有感情了，结果并非如此。我们的感情还很深，我们一直说，一直笑。”

“那是什么声音？”

“哦，”她转过头，瞥了一眼后门的方向，“那是可可的山羊。”

“她圣诞节得到了一只山羊？”

“说来话长。”宾尼抬手挠了挠浓密的发丝，一撮头发从她耳边跑了出来，像个小小的翅膀。它总是这么不听话。奥利弗熟悉她身上的点点滴滴，她对他也一样。他爱她超过任何人。

“我能看看可可吗？”他说，“还有卢克？就打声招呼？”

“我觉得最好不要。”宾尼短暂地对上他的目光，露出一丝伤痛的笑容，随后又把目光集中在他的左肩上，“萨丽怎么样？”

奥利弗不知怎么说出口："宾尼，我犯了个严重的错误。宾尼，她说她不想当妈妈。宾尼，我不知道该怎么办。"他不知要怎么说出口——（"你还记得那些夜晚吗，家里只有我和你，还有孩子们。我们玩拼字游戏玩到很晚，我还作弊了，可可勃然大怒。宾尼，我想回到那样的日子。全都是我的错，我想你。"）——正因为不知该怎么说，于是他说："好吧。"随后，他微微一笑，耸了耸肩，除了转身走开再无他法。他尝试打电话给小萨，问她是否还好，可她没有接电话。他知道她不会接电话，而且老实说，他感到自己松了一口气。

奥利弗找到园艺中心时已经过了五点，老板气得直跳脚。他已经等了将近两个小时。他带奥利弗看了一些种在花盆里的小枝，一共二十盆。事实上，那些东西看着就像是随便捡了几根枯树枝插在塑料盆里，因为上面一片有生命的叶子都没有。奥利弗道出了自己的想法，老板大吼："你说什么？现在是冬天，树上当然没有叶子。我等了你这么久，这已经是劳斯莱斯待遇了，结果你反过来向我抱怨？"他戴着一顶平顶帽，一只耳朵上还挂着耳环，看起来像个艺术家。奥利弗说："我没有要求劳斯莱斯待遇，我只想要树。”他补充道，他根本不喜欢劳斯莱斯，对什么车都无感，“这辆车是我女朋友的。”说完他开始颤抖，因为这好像是他头一次深刻意识到，宾尼已经不是他的女朋友了，小萨才是。那是个情绪化的姑娘，会因为他关心自己的父亲，或是喜欢每天九点半准时吃麦片粥而大发雷霆。而那个姑娘还有六个月就要成为孩子的母亲了。他想起了靠在门框上的宾尼，她隐藏在丝绒上衣下的肩膀温润柔软，她微笑起来既大方，又像个小女孩，整张脸都皱成一团。他羞愧地意识到，自己的双眼开始湿润。

随后，卖树的人说：“好了伙计，我错了。最近又是过圣诞节又是什么的，实在没什么好事。人们只想买装饰品，我一个开园艺中心的人竟然只能卖出去一些讨人厌的家居产品，这让我很恼火。再加上好几天没下雨了。你懂吗，这会增加我的工作量。”

奥利弗说：“不，对不起，是我错了。我最近过得也不好。”他又补充，自己根本不喜欢树。这句话本来是想告诉卖树的人，自己不会再流泪了，本来是想逗他笑出来。

可他并没有。

卖树的人露出了无比悲伤的表情，仿佛他直直看进了奥利弗的胸膛，看透了他的内心，并在里面找到了一个撕裂的伤口。他安静地说："好吧，那太可惜了。"他像朋友一样轻触奥利弗的手，仿佛希望能帮上忙，"我觉得你可能犯了一个很严重的错误。"他说。奥利弗不知道他在说这些树、宾尼，还是即将出生的孩子。或许是所有，也或许是更精神层面的东西。

所以他没有问那些是什么树。

或者说，那些是什么树的细枝。

他只是把手伸进口袋里，掏钱买下了那堆东西。

然而，他的父亲竟异常兴奋。他没有质疑这些树的尺寸，也没有质疑为何没有叶子。他把奥利弗扔在门厅，径自走进厨房，边走边摸着墙，仿佛要确认墙还在原地，没有走开。

"奥利弗，你有约翰·英尼斯二号吗？"父亲问。

"那是谁？"奥利弗反问。

厨房里传出了父亲的笑声。"一种特殊的土。"显然，种树需要用到约翰·英尼斯二号。

"那撑树的架子有吗？"

“没有。”父亲问的东西，奥利弗一样都没有。

门厅的油毡地毯开始打卷，露出了底下的木板。刨花墙纸上多了一块块深色污渍，仿佛 X 光片里的阴影。

“圣诞节过得怎么样？”他父亲问，“那个漂亮姑娘怎么样？”

“哪个漂亮姑娘？”

“就是跟你住的那个，还有几个听话的孩子。”

“哦。”奥利弗说。

这座房子正在老化，就像他父亲扭曲的衬衫、那股鸡汤味、外面开裂的水泥地，还有奥利弗。他们时刻在变老，每天都碎掉一点点。他年轻时觉得人生就是自我肯定的过程，可现在他三十三岁了，眼前只有一条越来越无法肯定自己的道路。他回想起父亲小心翼翼地穿过走廊的样子，仿佛沿着直线向前走这种简单的动作都变得需要耗费一些心力才能完成。奥利弗感到喉咙一紧。“你要这些树吗？”

奥利弗本打算把这些盆搬到花园里就离开。毕竟天已经黑了，没人会在晚上种树。可他父亲拿着一把旧铁锹，从厨房里走了出来，还拖着两个装着细颈大瓶子的塑料袋，瓶子里都灌了水。他换上了防水夹克，戴着一顶羊毛绒球帽。奥利弗的母亲在中风前自学了针织。她先是织一些围巾，然后慢慢学会了织帽子和套头毛衣，最后开始织放厕纸的小娃娃，现在娃娃都端坐在厕纸上，仿佛在孵蛋。但这都是题外话了。

奥利弗的父亲一脚套了一个蓝色塑料袋，用橡皮筋固定在脚踝上。

“你要袋子吗？”他说，“我还有几个。”

“要干什么？”

“保护鞋子。”

奥利弗看了一眼脚上的运动鞋，破旧得脚趾都要从帆布里戳出来了。于是他说，用不着塑料袋。

“我们走吧？”父亲说。

“走？”奥利弗感到自己难以跟上父亲的思维，“为什么？去哪儿？”

“当然是去种树啊。我已经搞好清单了，还有地图。”父亲从口袋里掏出几张收据，还有两团纸。他把纸摊开，仔细查看，随后重新揣进口袋里，没让奥利弗看上一眼。

“你说什么清单，爸？什么地图？”

“就是我种树的清单。”

“你不打算种在后院吗？”

“老天，当然不。”父亲的反应很夸张，仿佛这件事显而易见，根本不需要说。

奥利弗看了一眼手表。七点了，他有点担心小萨。“要花很长时间吗？我得回去了……”

他父亲似乎没听见，拿着铁锹和一袋水走了出去。他迈着小心翼翼的步子走向门口，脚上的塑料袋发出哗啦啦的声音。

来到外面，奥利弗打开后座车门让父亲坐进去，随后把铁锹和塑料袋放进了后备厢。莫非父亲想把树送给朋友？这可能是礼物？可是为什么呢？如果是礼物，他还需要带铁锹，往脚上系两个塑料袋吗？父亲从来没提过朋友或是礼物，也没提过究竟要去哪儿。与此同时，父亲也提出了自己的疑问——车上是什么味道？奥利弗说可能是山羊的味道，他父亲说：“你用车子运山羊？”奥利弗说，这事说来话长。他喜欢用宾尼用过的说辞，感觉就像短暂地牵了她的手。

他怎么沦落到了这个地步，只能靠想象来接触宾尼，而不是直接触碰？

奥利弗负责开车，他父亲负责指路：这里左转，那里右转，这个拐角处减速，你要驶入左侧车道。奥利弗仿佛成了陌生人，完全不知道他们正去往哪里，而父亲好像一点儿都不着急告诉他。老人坐得笔直，系紧了安全带，一只手拿着清单，另一只手拿着地图。人行道上已经挤满了去参加跨年派对的人，廉价酒吧纷纷亮起了霓虹招牌。奥利弗在人群中找了一会儿萨丽，自问她会不会到这里来了，也好奇她要见什么人。他父亲可能要把树送去火葬场，可奥利弗猜那里应该关门了。不过，他们可以把树放在门口，反正没人会在跨年的时候偷走二十棵树。如此一来，奥利弗还能在九点赶回家。

一想到家，奥利弗的脑子又糊涂了，不得不把画面重新排列起来。家不再是宾尼那座塞满了她父母的旧家具，散发着各种气味，仿佛要在他鼻子里展开一场暴乱的房子。家也不再是那座闻起来有股鸡汤味，见证了他从小到大的成长的房子。家是一间位于十五楼的公寓房，他和小萨住在里面。那间公寓房里没有家具，只有一张日式床垫，还有一块盖着吉他的毯子。因为事实证明，如果他反反复复唱自己的歌（“你能闭嘴吗，奥利弗！”），就会发现它们烂得足以让一个女人大声尖叫。

他们来到火葬场，奥利弗开始减速，可父亲连头也没回，只说了一句："今晚可能会下雨。"

"你真的知道我们在往哪儿开吗？"

"哦，当然。"

"那你要不要告诉我一声呢？"

父亲敲了敲鼻子，随后大笑起来："这是机密。"一道街灯打在父亲的脸上，苍老的面孔变换成蓝色、绿色和黄色，仿佛老人的体内正在举行一场派对。

又开了十五分钟，他们已经来到城外开阔的郊区地带，干道汇入旁道，一排排摇摇欲坠的房子被环状彩灯包围着。旁道又变成了双线车道，两旁的住宅变成了仓库和零售商店。有的建筑还没完工就被遗弃了，也就比废墟强一点，四周围着一圈安全围栏，挂着"危险，请勿靠近"的牌子。他们该不会要上高速吧？

"到了，"父亲说，"你找个地方停车吧。"

"这里吗？"奥利弗猛地踩下刹车，又多问了一句，"你确定？"他只看见一个十字路口，还有一个圆形转盘。他匆忙停好了车。

"是的，"父亲说，"绝对肯定。"

本来，奥利弗一个人避开车流就很难了，再加上一个老人、一盆小树、一把铁锹和一罐水，更是难上加难。

来往的司机朝他们狂按喇叭，还露出各种凶相，仿佛见到了两个醉鬼。其中一个司机甚至减慢车速，摇下窗户，质问他们在搞什么鬼。奥利弗猛地拽住父亲的手臂——他父亲试图走上圆盘中心的草地，然而脚下的台阶显然比他目测的高了许多。父亲试图稳住自己，但是又往后倾倒。最后，奥利弗几乎是把他扔上去的。因为周围都是飞速行驶的汽车。

“这样做真的好吗？”奥利弗说道，或者说，他喊道。因为交通噪声实在太大，而他非常紧张。

“太刺激了。”父亲喊道。

“这是违法行为。”

“你要我拉你上来吗？”

“在这里种树，地方议会只会派人把它挖出来。”

“他们根本不会发现。”父亲说。

种下第一棵树远比奥利弗想象的更难。十分钟后，他的双手就被铁锹把手磨出泡了，肩膀也疼痛不已。应该在出发前好好检查一下铁锹的锋利程度的，因为这玩意儿钝得就像一块木板，地面又硬得要命。经过整整十天的温和天气和冬日暖阳，土都被晒成了石头一般的硬块。奥利弗好不容易才挖出一个六英寸深，也差不多有六英寸宽的洞。

“好了。”他说。

“这就好了？”

“这还不够？”

父亲抓过铁锹，一脚踩在锹头上，木柄贴着大腿，他弓起了肩膀。奥利弗看着父亲大开大合的动作。他利用铁锹自身的重量令其刺入泥土，如此操作了一会儿，还哼起了歌。父亲在黑暗中挥动一把铁锹的动作显得无比自然，尽管他已经垂垂老矣。

“关键在于，”父亲说，“轻轻把树苗从花盆里拿出来，千万不要弄伤树根。”

奥利弗把树苗递给父亲，他像魔术师从帽子里变出白兔一样，轻手轻脚地把树苗从花盆里捧出来，甚至还说了句：“嗨，瞧啊。”奥利弗忍不住笑了。这个夜晚的确有点神奇。远处传来节日的灯光，周围全是风驰电掣的汽车，没有人知道奥利弗和他父亲正在车流的中心种下一棵树。

“把树苗放进坑里。”父亲说。

“你觉得我会不会摔坏它？”

“那是棵树，你摔不坏。”

“你怎么知道？”

“瞧瞧世界上有多少树就知道了。”

于是，奥利弗把树放进坑里，父亲则缓缓跪在地上，用双手把挖出的泥土推回去。他把洞填满，然后把土拍实。奥利弗回忆起那么多个独自在海滩上玩耍的夏天，他忙着堆沙堡，父亲和母亲则坐在一旁。他回忆起小萨惊恐地看着自己的孕肚，猛然意识到，父亲其实一直很害怕做错事，包括堆沙堡。所以父亲很少出门，所以他从来不愿做任何事。因为他总是非常肯定，面对父职的挑战，自己注定会失败。

奥利弗跪在父亲身边，拾起硬土，掰成碎块，堆在树苗周围。树苗甚至还没有他的指头粗。

“我要当爸爸了。”他说。

他父亲继续把土堆在树苗周围。奥利弗不禁猜想，他究竟听没听到。

“你要当爷爷了。”

父亲依旧没有反应，只能听见挖土的声音。然后是一连串呲呲声。

奥利弗转过头去。老人的脸湿润了，父亲咧开嘴巴露出牙齿。嗞、嗞、嗞，他在笑。他父亲在高兴地笑。看到父亲笑成这样，奥利弗也笑了出来。自从跟宾尼摊牌之后，这是他头一次对别人说起那个即将出生的孩子。因为小萨不愿意谈论孩子。奥利弗跟父亲一起拍打着土壤，双手时而触碰，时而分开。他们要竭尽全力帮这棵小树活下去，突然，这件事变得无比重要。

“好吧，好吧，”他父亲说，“好吧，是跟那个漂亮姑娘生的孩子吗？”

“哪个漂亮姑娘？”

“那个带了几个孩子的漂亮姑娘？”

幸福骤然褪色，正如它的骤然降临。奥利弗感到一块秤砣从身体里穿了过去，仿佛全身都灌了铅。他肩膀低垂，头也抬不起来了。“不，爸，不是她……是别人。”他甚至说不出小萨的名字。

有时候，生活里的一切看起来无比顺利。心想事成，万事顺遂。然而当你仔细观察，就会意识到那些东西全都跑到了错误的语境里，仿佛你不知不觉漂流到了完全不同的故事中。奥利弗不知道该怎么让一切恢复正常。

父亲打开一瓶水，绕着树苗倾倒出平稳的细流。“干杯。”他这句话仿佛是对树苗说的。随后，他从上衣口袋里掏出清单，用铅笔画掉了第一行。

那天夜里，奥利弗和父亲把二十棵树全都种下了。他们花了好几个小时，先是从圆形转盘开到一个购物中心旁的空停车场，在一片肮脏的草地上挖了三个坑。原来，这么做的原因是，一个在收银台工作的年轻女人曾经告诉奥利弗的父亲，说她家里没有花园。然后，他们又在一个堆满了垃圾和干枯蒲公英的水泥花盆里种了一棵树。接着又在一个公交车站旁无人打理的花坛里种了两棵。奥利弗的父亲把地图摊在腿上，引导他开到杂草丛生的河堤上。显然他早就找好了地方。他们在长椅和垃圾桶旁种下树苗，还在两座荒芜的花园里种了树。花园所属的房子以毛巾为窗帘，大门只用几块木片固定着。

“这里住了一家友善的穆斯林。”奥利弗的父亲在浇水时小声说。

“你怎么认识他们的？”

“我不认识，”他父亲说，“只是有时会在公交车上碰到。我还见过他们陪孩子玩耍。”

他们在一家刚开业的诊疗室旁边种下一棵树，因为这里的前台接待员跟女儿的关系不好。接着，他们又在一个新建的滑板场附近种了一棵树。

最后，奥利弗问："爸，为什么要挑今天晚上？为什么要种树？这些人又是怎么回事？"

父亲皱起了眉，仿佛奥利弗给他出了一道特别复杂的计算题，然后他耸耸肩说："为什么不呢？"

正如奥利弗所料，他们把最后一棵树种在了火葬场门外一块裸露的土地上。奥利弗把堆在那里的塑料袋、空罐头、破瓶子等垃圾都清走，父亲则小心翼翼地挖了个洞。他们不再说话，时间已近午夜，两个人都累了。树苗被种了下去，父亲把剩下的水全都浇在根部，然后擦了擦眼睛。他拿起铅笔，画掉清单上最后一行。

"你还好吧？"奥利弗问。

"你可以送我回家吗？"他父亲说。

远处传来欢呼声，接着是响亮的钟声。烟花在头上炸开，宛如一朵朵银花。

他父亲坐在车里，笨拙地把安全带插销插入槽中，可是一次又一次地插歪了。奥利弗只好伸手帮他扣好。这时他才察觉，父亲身上有一股不同于鸡汤的味道，闻起来有点发酸，更像药味。

"爸，你真的没事吗？"

“有时候会头痛。”

“没别的问题？”

父亲的嘴张开了又合上，就像安全带插槽一样。可是他什么都没说，只是把双手放在膝上，转头凝视着街道。奥利弗发动引擎，亮起左灯，准备起步。他腰背酸痛，手上又多了几个水泡，可他却觉得莫名振奋。他再也不觉得自己是个儿子，也不觉得自己成了父亲。他不确定自己究竟是什么，可他感觉自己喜欢这个身份。

圣诞节的装饰和海报已经渐渐被拆除，很快就要换上春季时装和夏季旅游的广告。穿红色大衣的女孩（那年冬天，这个女孩随处可见），一片白雪环绕下，她出现在户外广告牌和公交车车身上，出现在电视广告中，俨然成了节日的象征。尽管这里没有下雪（只有再寻常不过的乌云），而好多地方的广告已经变得破破烂烂了。他到现在都不明白那究竟是什么的广告，可能就是节日的广告吧。人们在女孩漂亮的脸蛋上画了胡子和眼镜，在林地动物的脑袋上画了圣诞帽。许多人在广告上加了自己的标语。奥利弗一时间有点困惑：人们竟然每年都像这样度过圣诞节。他们装饰圣诞树，挂起彩灯，末了却全都要拿下来收好。他们去看望一整年都不闻不问的亲朋好友，花掉根本赚不到的钱，吃掉许多平时不吃的食物。随后他又想：那又如何？种下二十棵树还不是一样疯狂。可是当你思考这件事时，又能从哪里找到疯狂的影子？生命本来就值得庆祝。

奥利弗和父亲驶入主干道，在车流中缓缓前进。他们经过了几个正朝着水沟呕吐的年轻女人，还有一群走起路来摇摇晃晃、仿佛地面变成了液体的男人。几个圣诞老人站在酒吧门口忙着自拍，远处还有个女人站在电话亭外哭泣。“可怜的家伙。”奥利弗的父亲说。

他们在一家中餐厅外的红绿灯路口停了下来，他说：“瞧，那个男人正在跟他两个儿子吃饭。挺不错的。”

奥利弗顺着父亲的目光看去。透过餐厅玻璃墙，他果然看到一个男人正跟黑发高个儿的男孩一起拽礼炮，然后两人一起大笑起来。另一个男孩显然小了许多，留着一头蓬乱的金发，他看向窗外，对上了奥利弗父子的视线，朝他们挥了挥手。奥利弗的父亲也朝他挥了挥手，然后，红灯变绿灯了。

过了一会儿，他们再次减速，停了下来。这回他们停在一家女士精品店门外，路边站着三个人，他们正背对马路打量着橱窗里的婚纱和派对礼服。这次他父亲说：

“穿绿裙子的人是个男孩。”车子再次开动，他扭过头继续看着那三个人。

“世上无奇不有。而且爸，你也没资格说别人。你是个打游击战的园丁。”

奥利弗开着车，猜想他和父亲能否回到以前的关系，只在每个星期天打一通电话，聊聊天气和交通。还是说他们会种更多树，也许改成种花种菜？他绝对想不到，父亲几个月后会去世，陪着他长大的那座老房子会被卖掉，他父母的东西、母亲织的小玩意儿、家里堆的破烂，甚至他小时候的东西都会被扔掉或是送人。

当然，总有一天，奥利弗也会迎来同样的结局。他很快就会跟宾尼再次同居，而他们将来会花很多年收集各种各样的破烂——成绩单、孩子们的鞋和玩具、小萨不想要的那个孩子的奶瓶和小毛巾、可可做的纸手机，等等。总有一天，这些东西都会被卖掉或是送人。每个人都会迎来同样的命运。来来去去，留下一些零碎的印记。

奥利弗被一阵掌声拉回了现实。掌声？为什么会有掌声？他看了一眼父亲，发现他已经睡着了，双手依旧放在膝盖上，没有挪动。街上没有一个人在看奥利弗和他们这辆车，更没有人鼓掌。有的人在跑，双手挡在头顶。其他人则站着不动，抬头看着天空，发出阵阵笑声。可他就是听到了许多掌声，仿佛世界在对奥利弗说：“没错，你赶在新年前种了树。这次你做对了，干得漂亮。”

紧接着，他发现前窗流过道道水痕，雨刮器周围出现了一片脏水，柏油马路和人行道上溅起一朵朵水花。久违的声音，奥利弗竟然忘了它是什么。奥利弗摇下车窗，深吸了一口甜美而带着灰尘味的空气。他向左转弯，又向左转弯，雨点落在马路上，落在人们头上，落在树上、屋顶上、路灯上，而他痴痴地看着。

一个故事只有完结了才能让人看懂，因为这时候，我们可以回首前面的内容，道出这件事发生了，然后那件事发生了，最后就来到了这个结局。奥利弗的故事尚未完结，它还在进行，而这天晚上他种下的树苗只是一个新的转折。他可以从中学到一些东西，也可以完全忽视，这是他自己的选择。

奥利弗像其他所有人一样，朝着新年驶去。朝着接下来他将要遇见的人和事驶去。

图书在版编目（CIP）数据

一千亿种生活 /（英）蕾秋·乔伊斯著；吕灵芝译
. -- 北京：北京联合出版公司，2020.10
ISBN 978-7-5596-4455-8

Ⅰ. ①一… Ⅱ. ①蕾… ②吕… Ⅲ. ①短篇小说—小说集—英国—现代 Ⅳ. ① I561.45

中国版本图书馆 CIP 数据核字 (2020) 第 138463 号

北京市版权局著作权合同登记　图字：01-2020-4334

一千亿种生活

作　　者：[英] 蕾秋·乔伊斯
译　　者：吕灵芝
出 品 人：赵红仕
责任编辑：孙志文
特约编辑：施　然
封面设计：山川制本 @CINCEL

北京联合出版公司出版
（北京市西城区德外大街 83 号楼 9 层　100088）
河北鹏润印刷有限公司印刷　新华书店经销
字数 108 千字　787 毫米 ×1092 毫米　1/32　7 印张
2020 年 10 月第 1 版　2020 年 10 月第 1 次印刷
ISBN 978-7-5596-4455-8
定价：48.00 元
